DREAMBOOKS★

DREAMBOOKS★

DREAMBOOKS★

신화의 전장

dream
books
드림북스

신화의 전장 14

초판 1쇄 인쇄 2020년 11월 20일
초판 1쇄 발행 2020년 12월 4일

지은이 박정수
발행인 오영배
편집 편집부
일러스트 엑저
본문 디자인 오정인
제작 조하늬

펴낸 곳 (주)삼양출판사 · 드림북스
주소 서울시 강북구 도봉로 173
대표 전화 02-980-2112 **팩스** 02-983-0660
편집부 전화 02-987-9393 **팩스** 02-980-2115
블로그 blog.naver.com/dreambookss
출판등록 1999년 3월 11일 제9-00046호

ISBN 979-11-283-9953-4 (04810) / 979-11-283-9403-4 (세트)

+ 이 도서의 국립중앙도서관 출판시도서목록(CIP)은 서지정보유통지원시스템홈페이지(http://seoji.nl.go.kr)와 국가자료종합목록 구축시스템(http://kolis-net.nl.go.kr)에서 이용하실 수 있습니다. (CIP제어번호 : CIP2020045716)

신화의 전장

14

MODERN FANTASY STORY & ADVENTURE

박정수 현대판타지 장편소설

dream books
드림북스

목 차

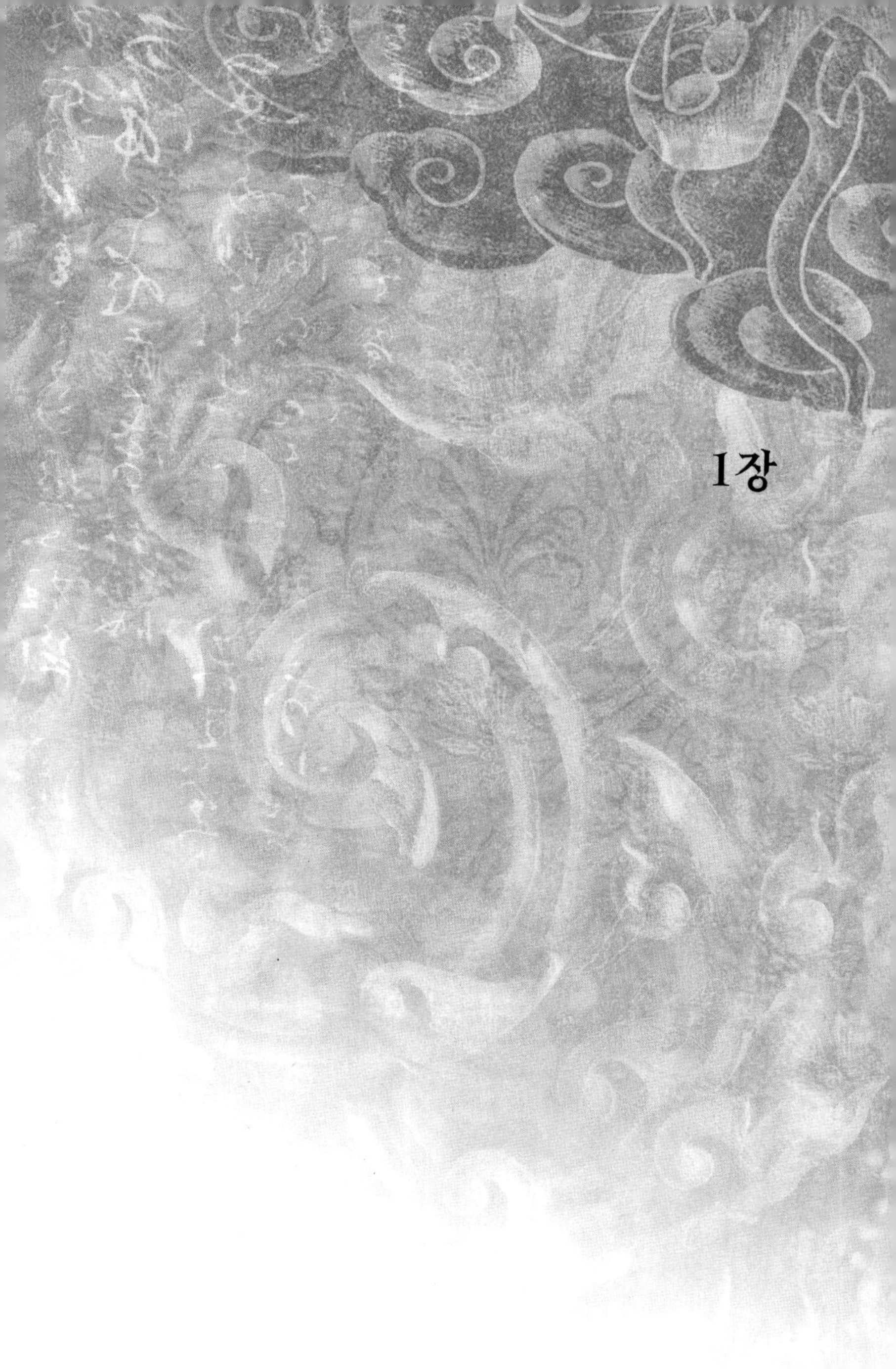

1장

도쿄 한 사무실.

사람의 손길을 탄 것 같은데, 온기는 느껴지지 않았다.

"주기적으로 관리했다 하더니, 깨끗은 하네."

박현은 소파를 손을 쓸어 청소 상태를 확인하며 자리에 앉았다.

"그나저나 오야붕은 누가 맡을 거야?"

"……."

"……."

박현의 물음에 다들 황당해하는 표정이 지어졌다.

"다짜고짜 야쿠자를 하라는 것도 당황스러운데."

비형랑.

"제가 하고 싶습……, 읍읍!"

망치 박이 손을 번쩍 들어 소리치는 것을 이승환이 재빨리 그의 입을 막아버렸다.

"아무것도 아닙니다. 하하, 하하."

"아무것도 아니기는."

박현은 이승환과 망치 박을 보며 묘한 웃음을 지었다.

"그래, 네가 해라."

박현은 망치 박을 쳐다보았다.

"그리 쉽게 말씀할 게 아닙니다."

하지만 돌아온 대답은 그가 아닌 이승환의 것이었다.

"맞습니다. 형님 시주님들도 계신데."

당래불도 이승환의 말을 거들었다.

"괜찮아. 한 번 쓰고 말 조직이니까."

"……?"

심드렁한 박현의 말에 조완희와 비형랑은 의아한 표정을 지었다.

"페이퍼 컴퍼니 알지?"

"어."

"그거랑 비슷해. 이름만 살려놓은 조직이야. 그리고 이번 한 번만 쓰고 버릴 곳이라 하더군."

박현은 품에서 편지봉투만 한 누런 종이봉투를 꺼내 탁자 위로 툭 던졌다.

"열어봐."

그 말에 비형랑이 봉투를 집어 안을 열어보았다.

"……?"

안을 확인한 비형랑은 옆에 앉아 있는 조완희에게 봉투를 넘겼다.

봉투 안에는 배지가 여러 개가 담겨 있었다.

"야마구치구미를 상징하는 배지야."

"음."

"그리고 그걸 잃어버리면 돼."

배지를 하나 꺼내 살펴보던 조완희는 박현의 양복 상의에 달린 배지를 쳐다보며 고개를 갸웃거렸다.

"디자인이 같아 보이는데."

"미묘하게 달라."

박현은 자신의 배지를 풀어 조완희에게 건넸다.

"흠."

둘을 같이 놓고 살피던 조완희는 미묘하게 다른 색깔을 발견하고는 고개를 끄덕였다.

"야쿠자에게는 목숨보다도 중요한 거니까, 아주 잘 잃어버려."

박현이 씨익 웃음을 지었다.

"언제부터 움직이면 돼?"

"……당장?"

박현의 웃음이 어색하게 바뀌었다.

"야!"

그리고 조완희가 소리를 버럭 질렀다.

*　　*　　*

점심시간이 지나간 이른 오후.

야마구치구미 본가에서 수십 대의 차가 빠져나갔다.

그리고 그 본가가 내려다보이는 건물 옥상에 조완희를 비롯한 일행들이 난간에 기대서서 그 광경을 내려다보고 있었다.

"하아—."

조완희는 일본에 도착하자마자 뭐하는 짓인가 싶어 한숨을 내쉬었다.

"뭔 한숨을 짓고 그래?"

비형랑이 다가와 담배를 입에 물었다.

"친구란 놈이 영 거지발싸개라서."

"푭!"

그 말에 비형랑이 순간 웃음을 내뱉었다.

"하긴."

비형랑도 그 말에 동의하기에 고개를 끄덕이며 담배에 불을 붙였다.

"각오하고 오기는 했는데, 정신이 없기는 하다."

"단순히 발만 맞춰 걷기에도 벅찬 놈이기는 해."

"그릇이 달라서 그런가?"

비형랑은 담배 연기를 후—하고 내뿜었다.

"그놈만 그러면 다행이지."

"……?"

비형랑이 고개를 갸웃거리며 조완희를 쳐다보았다.

"한 분 더 있다."

"미친놈이 하나 더 있다고?"

"그래 미친 노……."

아무런 생각 없이 비형랑의 말에 고개를 끄덕이던 조완희의 얼굴이 굳어지는가 싶더니 뺨으로 땀방울 하나가 주르르 흘러내렸다.

그 땀방울이 시작이었을까.

마치 둑이 무너진 듯 그의 얼굴에 땀이 주르르 흘러내렸다.

더운 날씨도 아니건만.

"휴우—."

그리고 갑자기 안절부절못하며 불안한 모습을 보이는가 싶더니 돌연 이마에 흐르는 땀을 소매로 닦으며 안도의 한숨을 푹 내쉬는 게 아닌가.

"와~ 씨. 식겁했네. 여기가 일본이었지."

실성한 놈처럼 히죽히죽 웃기 시작했다.

"음트트트트."

그러더니 기묘한 웃음을 내뱉기 시작했다.

"음."

그런 모습을 보던 비형랑이 고개를 절레절레 저었다.

"내가 보기에는 너도 다르지 않다. 그……치?"

비형랑은 고개를 뒤로 돌려 골통 삼인방을 쳐다보았다.

"가위 바위 보!"

"가위 바위 보!"

"……?"

셋은 아주 심각하게, 마치 서부 영화에서 결투를 앞둔 총잡이처럼 결연하게 가위바위보를 하고 있었다.

"가위 바위 보!"

"가위 바위 보!"

"뭐하냐?"

비형랑이 물었다.

"아 쫌!"
"조용히 좀 해봐요."
"아이— 얼른 얼른 내밀어. 남자는 주먹, 가위 바위 보!"
"가위 바위 보!"
셋은 비형랑의 말은 귓등으로도 안 듣고 다시 가위바위보에 집중했다.
"아 놔!"
비형랑은 어이없어하며 조완희를 다시 쳐다보았다.
"야. 저 새끼……."
비형랑은 말을 마저 잇지 못했다.
왜냐하면 조완희가 말미잘, 멍게, 개불 등 갑자기 해산물을 찾으며 덩실덩실 춤을 추고 있었기 때문이었다.
흠칫.
순간 비형랑은 움찔거렸다.
눈을 껌뻑이며 조완희를 쳐다보았다.
왜냐하면 욕처럼 들리는 해산물 뒤에 얼핏 '몸주'라는 단어가 붙었던 것 같았기 때문이다.
'에이. 설마.'
아닐 것이다.
조완희의 몸주가 누군가?
천하의 대별왕이 아니신가.

그나저나 저놈들은.

"앗싸!"

결국 가위바위보에서 승자가 정해진 듯.

당래불은 주먹을 불끈 쥐고 흔들고 있었고.

"으윽! 불알한테 지다니!"

"쳇!"

망치 박은 투덜거렸으며, 이승환은 혀를 차며 애꿎은 바닥을 툭 발로 찼다.

"나무, 관세음이 보살이로다. 으하하하하!"

비형랑은 손짓으로 당래불을 불렀다.

"부르셨습니까, 형님 시주."

"뭔 내기길래 그리 좋아하냐?"

"소승이 업을 쌓기로 했습니다."

"업?"

"내가 지옥에 가지 않으면 누가 가리오. 뎅강!"

당래불이 손가락으로 목을 그으며 의성어를 내뱉었다.

"그거 설마……."

"맞습니다. 미흡한 이 소승이 한 오야붕을 극락으로……, 아~ 지옥으로 보내드리려 합니다."

"승려면 살생을 하지 말라고 하지 않냐?"

"모르시는 말씀!"

당래불은 배를 쑥 내밀었다.

"호국불교. 심히 괴롭지만, 마땅히 살생을 열어야지요. 흐흐흐흐!"

"그, 그러냐."

"나무관세음보살."

비형랑은 기뻐 어찌할 줄 몰라 하면서도 어울리지 않게 경건한 자세로 합장을 하는 당래불을 보며 그저 고개를 절레절레 저었다.

"하아—."

그리고 절로 한숨이 흘러나왔다.

"여기서 정상은 나밖에 없나?"

괜히 왔나 싶었다.

"선화야, 네가 보고 싶구나."

박현을 따라간 이선화가 괜스레 보고 싶어지는 비형랑이였다.

* * *

"칙쇼!"

고베 야마구치구미 산하 제2조직인 마츠바카이(松葉會) 카이쵸, 모리야 아츠미는 차를 타자마자 낮게 욕을 삼켰다.

그도 그럴 것이 산하조직 사무실에서 폭탄이 터지는 장면이 TV를 통해 세상에 널리 알려져 버렸다.

문제는 TV 생중계가 고베 야마구치구미의 본가, 오야붕이 개최한 대회의 중에 터졌다는 것이었다.

당연히 카이쵸 고이치로의 분노는 극에 달했고, 대회의는 파행이 된 것처럼 마무리되었다.

하지만 그를 더욱 자극하는 건 바로 카메라였다.

안 그래도 시끄럽던 본가 앞이었는데, 그 사건으로 인해 몇 배는 될 법한 기자들이 진을 쳤다.

차 창문에 짙은 틴팅을 했음에도 창문 너머로 파바박— 하고 터지는 후레쉬에 눈살을 찌푸렸다.

"출발해."

"어디로 모실까요?"

"사무실……, 아니 맨션으로 가자."

"사토미 양의 맨션 말입니까?"

"그리고 전화 넣어서 가게도 오늘 하루 쉬라 하고."

아츠미는 정신이 피곤해서인지 여자 품이 그리워졌다.

"하이."

차를 모는 꼬봉은 곧장 핸들을 틀어 차를 다른 길로 돌렸다.

주택가를 벗어나 인가가 뜸한 길에 들어섰을 때였다.

거뭇한 무언가가 하늘에서 차 보닛으로 뚝 떨어졌다.

콰아아앙!

그 충격에 앞부분이 부서지며 차는 허공으로 붕 떠올랐다.

파장창창창—

그 순간 조수석과 뒷좌석 창문이 깨지며 두 개의 인형이 튀어 나왔다.

모리야 아츠미와 그의 보좌 켄지였다.

“누구냐!”

켄지는 허리춤에서 칼을 뽑으며 소리쳤다.

“켄지.”

그때 아츠미가 앞으로 걸어나왔다.

“야마구치구미로군.”

아츠미의 말에 켄지의 눈동자가 보닛 위에 서 있는 인물, 정확히는 그가 지닌 야마구치구미를 상징하는 배지로 향했다.

“야마구치구미에서 무슨 일이 있길래 험악하게 찾아오셨나?”

“나무관……, 아아! 이게 아니지. 곤니치와.”

당래불은 움푹 부서진 차에서 훌쩍 몸을 날려 그들 앞에 서며 환하게 웃으며 인사했다.

하지만 그때였다.

"하앗!"

"이크! 에크~!"

두 불청객이 뛰어들었다.

망치 박과 이승환은 기습적으로 아츠미와 켄지를 덮쳐갔다.

"야! 야!"

느긋하게 아츠미를 바라보던 당래불은 당황하며 소리쳤다.

그러거나 말거나.

퍼석!

당래불이 '어어!' 하는 사이에 해머로 켄지의 머리를 부순 망치 박이 고개를 돌려 당래불을 쳐다보았다.

"우리가 언제 그런 거 지켰다고. 먼저 먹는 놈이 임자지."

"이 씨부럴 시주 새끼."

당래불은 하나 남은 목표, 아니 애초에 자신의 목표였던 카이쵸 아츠미를 향해 몸을 날리려 했지만.

퍽! 콰득!

"으아아악!"

그의 애절한 바람과 달리 그마저 이승환의 발길질에 목이 꺾이며 바닥으로 허물어졌다.

"역시 뺏어 먹는 사탕이 맛있는 법이지."

"아무렴."

망치 박과 이승환은 양손을 들어 하이파이브를 한 뒤, 보란 듯이 당래불을 향해 하얀 이를 드러내 보였다.

"이 개호로자식들아!"

당래불이 울부짖었지만.

탕!

비형랑이 죽은 아츠미의 머리에 총알을 한 발 박은 후, 근처에 배지를 툭 던졌다.

"그만 질질 짜고, 철수해, 인마."

그리고는 울부짖는 당래불의 엉덩이를 툭 쳤다.

* * *

그 시각.

대로에서 살짝 비켜 들어간 골목길.

박현은 검은 청바지에 가죽 자켓을 입은 채 육중한 모터바이크에 앉아있었다.

느긋하게 담배를 한 대를 피우고 있을 때 검은 세단 한 대와 검은 승합차가 박현이 머무는 골목길을 스쳐 지나갔다.

툭—

박현은 담배를 바닥으로 튕기며 헬멧을 썼다.

와앙— 와아아앙—

이어 골목길을 나와 은밀히 검은 세단으로 따라붙었다.

그렇게 두어 개의 교차로를 지났을 때였다.

세단과 승합차가 신호등에 걸려 멈추자, 박현은 갓길로 핸들을 틀어 승합차 곁으로 다가섰다.

똑똑!

박현이 창문을 손가락으로 두들기자.

지이잉—

조수석 창문이 살짝 내려왔다.

"뭐야?"

조수석에 앉은 이가 낮게 으르렁거리며 물었다.

"마츠이 히사유키 총부사제께 전해드릴 물건이 있습니다."

"오야붕께?"

조수석에 앉은 이의 눈매가 매섭게 변했다.

"너 누구야?"

"저야, 뭐 말단이라."

"누가 보냈어?"

"키오[鬼王]사마께서 보냈습니다."

"키오 구미쵸?"

키오, 오니의 왕, 야마구치 구미의 구미쵸인 키오가 보냈다?

조수석 야쿠자는 고개를 갸웃거렸다.

하지만 이내 표정이 잔뜩 구겨졌다.

평화협정 중에, 아니 그게 아니더라도 할 말이 있다면 정식으로 정중하게 찾아왔을 것이지, 이렇게 무례하게 찾아올 리가 없었다.

"바, 밟……."

심상치 않음을 느낀 조수석 야쿠자는 급히 창문을 닫으며 소리쳤다.

하지만 박현의 주먹이 그보다 빨랐다.

와장창창—

유리창을 단숨에 깬 박현은 권총을 꺼냈다. 그리고는 차 안으로 조수석과 운전석을 향해 권총을 한 발씩 쏴 야쿠자의 머리를 터트렸다.

"으아아악!"

"끄악!"

차 안은 금세 피로 붉게 물들었다.

이어 박현은 허둥지둥 몸을 숙이는 히사유키 총부사제를 향해 권총을 겨눴다.

"우리 구미쵸가 보내는 선물이오."

타다다당—

박현은 연사로 총알을 그에게 쏟아부었다.

총알 한 발 한 발에 히사유키 총부사제의 몸이 들썩거리며 피를 뿌렸다.

히사유키 총부사제는 피를 뒤집어쓴 채 처참한 모습으로 축 늘어졌다. 하지만 박현은 희미한 그의 숨결을 놓치지 않았다.

총알 세례에도 그는 죽지 않았다.

아니, 박현이 아슬아슬하게 주요 장기를 비켜 쏴 그를 죽이지 않은 것이었다.

박현은 헬멧 안에서 씨익 웃으며 모터바이크 액셀을 당겨 그 자리를 벗어났다.

"오, 오야붕!"

"오야붕!"

뒤늦게 승합차에서 조직원들이 우르르 내렸지만, 이미 박현은 자리를 뜬 후였다.

*　　*　　*

쾅!

고베 야마구치구미의 구미쵸 마쓰무라 고이치로는 탁자

를 주먹을 내려쳤다.

"지금 이게 무슨 상황이야!"

"……."

그의 앞에 앉아있는 부회장 이시다 쇼로쿠의 표정 역시 구겨져 있었다.

"구, 구미쵸!"

그때 간부 하나가 안으로 뛰어들어왔다.

"뭐야?"

고이치로는 신경질적으로 되물었다.

"히사유키 총부사제께서 방금 전 습격을 받았답니다."

"히사유키까지?"

고이치로의 눈에서는 더할 나위 없이 시퍼런 살기가 풀풀 흘러나왔다.

"히사유키는?"

"간신히 목숨만은 건지셨습니다."

"하아—."

고이치로는 안도의 한숨을 내쉬었지만, 일그러진 표정이 돌아오지는 않았다.

"오야붕."

"……?"

"그런데 총부사제께서 전언을 보냈습니다."

"전언?"

"선물을 보낸 이가 야마구치구미라 합니다."

"어디?"

"텟포다마가 키오가 보내는 선물이라며 총알 세례를 퍼부었다고 합니다."

바르르르—

그 말에 고이치로의 몸 주변으로 기운이 거세게 흔들리기 시작했다.

"키오가 보냈다고?"

"오, 오야붕."

쇼로쿠가 다급히 고이치로를 불렀다.

"진정하시지요."

"진정? 지금 진정이라고 했나?"

"이럴수록 침착하셔야 합니다."

"……!"

쇼로쿠의 말에 고이치로는 잠시 입을 꾹 닫았지만 그의 눈에서 풀풀 날리는 살기가 옅어지지는 않았다.

"좀 이상하지 않으십니까?"

"이상해?"

"하필 지금. 야마구치구미가 저희를 노릴 이유가 없습니다."

"하지만 안 노릴 이유도 없지."

그 말 역시 사실이었다.

어쨌든 고베 야마구치구미가 야마구치구미에 반발하고 튀어나온 것이니 말이다.

어느 쪽도 이상하기는 마찬가지.

뭐라고 해야 하나?

자꾸 누군가 억지로 상황을 몰고 가는 듯한 느낌이 강하게 들었다.

마치 등을 떠미는 듯한.

그렇기에, 전후 사정을 파악하기 위해서라도 일단 고이치로의 머리를 식힐 필요가 있었다.

이대로는 상처뿐인 항쟁이 될 것이 분명했다.

"오야붕. 일단 키오가 보냈다는 텟포다마의 행적부터 좇는 게 좋을 듯싶습니다. 그저 그놈이 내뱉었다는 말 한마디에 움직이기에는……."

드르륵—

장지문이 열리며 쇼로쿠의 말이 끊겼다.

"오야붕."

굳은 표정으로 다가와 허리를 숙인 이는 간부 키요시였다.

죽은 마사히사와 함께 고베 야마구치구미 직속 행동대를 책임진 이였다.

그는 아무 말 없이 손수건 하나를 고이치로 앞에 내놓았다.

"……!"

손수건을 펼치자 그 안에 담긴 건 야마구치구미를 상징하는 배지였다.

"마츠바카이(松葉會) 카이쵸, 모리야 아츠미께서 살해당한 현장에서 발견된 것입니다."

키요시는 감정이 없는 이처럼 말했다.

"아츠미도 야마구치구미의 짓이었나?"

고이치로는 야마구치구미의 배지를 억세게 움켜쥐며 이를 바드득 갈았다.

'하아―.'

더 이상 항쟁을 피할 수 없음을 느꼈기에 쇼로쿠는 두 눈을 감으며 속으로 한숨을 삼켜야 했다.

"쇼로쿠!"

고이치로의 부름에 쇼로쿠는 눈을 떴다.

"예, 오야붕."

"이제 너는 누가 봐도 하나뿐인 나의 후계자다."

"……!"

순간 쇼로쿠의 눈동자가 파르르 떨렸다.

"이 항쟁을 승리로 이끌어라."

"오, 오야붕!"
"승리하는 날, 내 자리는 너의 것이 될 것이야."
은퇴, 그리고 승계.
"오, 오야붕!"
그 말을 듣는 순간 쇼로쿠는 뒷목을 잡아당기는 께름칙함을 툭 털어버릴 수밖에 없었다.
누군가의 공작이든, 아니면 진짜 야마구치구미의 암계든 지금 이 순간 아무 상관이 없어졌다.
피비린내 나는 항쟁이지만.
이기면 된다.
이기기만 하면.
"하이!"
쇼로쿠는 허리를 숙이며 자신감 넘치는 어조로 대답했다.
"항쟁이다!"
고이치로는 목소리를 크게 키웠다.
"당장 간부들을 소집해! 당장!"
그 목소리에 분위기는 질식하리만큼 묵직하게 바뀌었다.
스르륵—
그리고 천장 구석에 푸른빛이 잠깐 맺혔다가 사라졌다.

* * *

다음 날, 아침.

"오셨습니까?"

"밤새 안녕하셨습니까, 오야붕?"

박현이 나미카와카이 사무실에 들어서자 타다시를 비롯한 조직원들이 인사를 건넸다.

"다들 표정이 좋아."

한이 풀린 것인지 박현의 말처럼 다들 표정이 한결 좋아 보였다.

"예, 푹 잤습니다."

"엄하게 쉬지는 않았지?"

코우고와 유우키, 그리고 그 주변 몇이 머쓱한 표정을 짓는 걸 보면 어제 걸쭉하게 논 모양이었다.

"어쨌든 푹 쉬었지?"

"옙!"

박현이 별다른 꾸중 없이 넘어가자, 코우고가 우렁찬 목소리로 대답했다.

"그래, 푹 쉬었다면 됐다."

박현은 고개를 끄덕였다.

『안녕하세요~.』

그때 바닥에서 푸른 빛을 머금은 어린아이가 쑥 올라오더니 박현에게 꾸벅 허리를 숙였다.

"허엇!"

"귀, 귀신."

"으메!"

이선화가 데리고 다니는 아기 귀신이 나타나자 다들 화들짝 놀랐다.

"오랜만이다."

박현은 아기 귀신에게 담담히 웃으며 인사를 받았다.

"선화는?"

『지금 바쁘셔서 오지 못했어요.』

아기 귀신은 얌전하게 이선화의 말을 전했다.

"그러니까 고베에서 야마구치구미에 텟포다마를 보냈단 말이지?"

『네.』

"그래, 수고했다. 너도 조심하고, 선화한테도 조심하라고 전하고."

아기 귀신은 박현에게 배꼽인사를 하고 다시 바닥으로 사라졌다.

"저기 저 꼬마 귀신은……."

"본인의 사람이 부리는 아이야."

박현은 타다시의 의문을 풀어준 뒤 코우고를 쳐다보았다.

"코우고."

"예, 오야붕."

"너, 텟포다마 한 번 하자."

"……텟포다마 말입니까?"

코우고는 잠시 눈가를 찌푸렸다가 풀며 물었다.

"상대는 야마구치구미의 총사제 정도면 괜찮아 보이는데."

"네?"

"부회장은 욕심내지 마."

"예?"

"부회장에게 선물을 건넬 고베 야마구치 구미의 텟포다마는 본인이니까."

박현은 씨익 웃음을 지어 보였다.

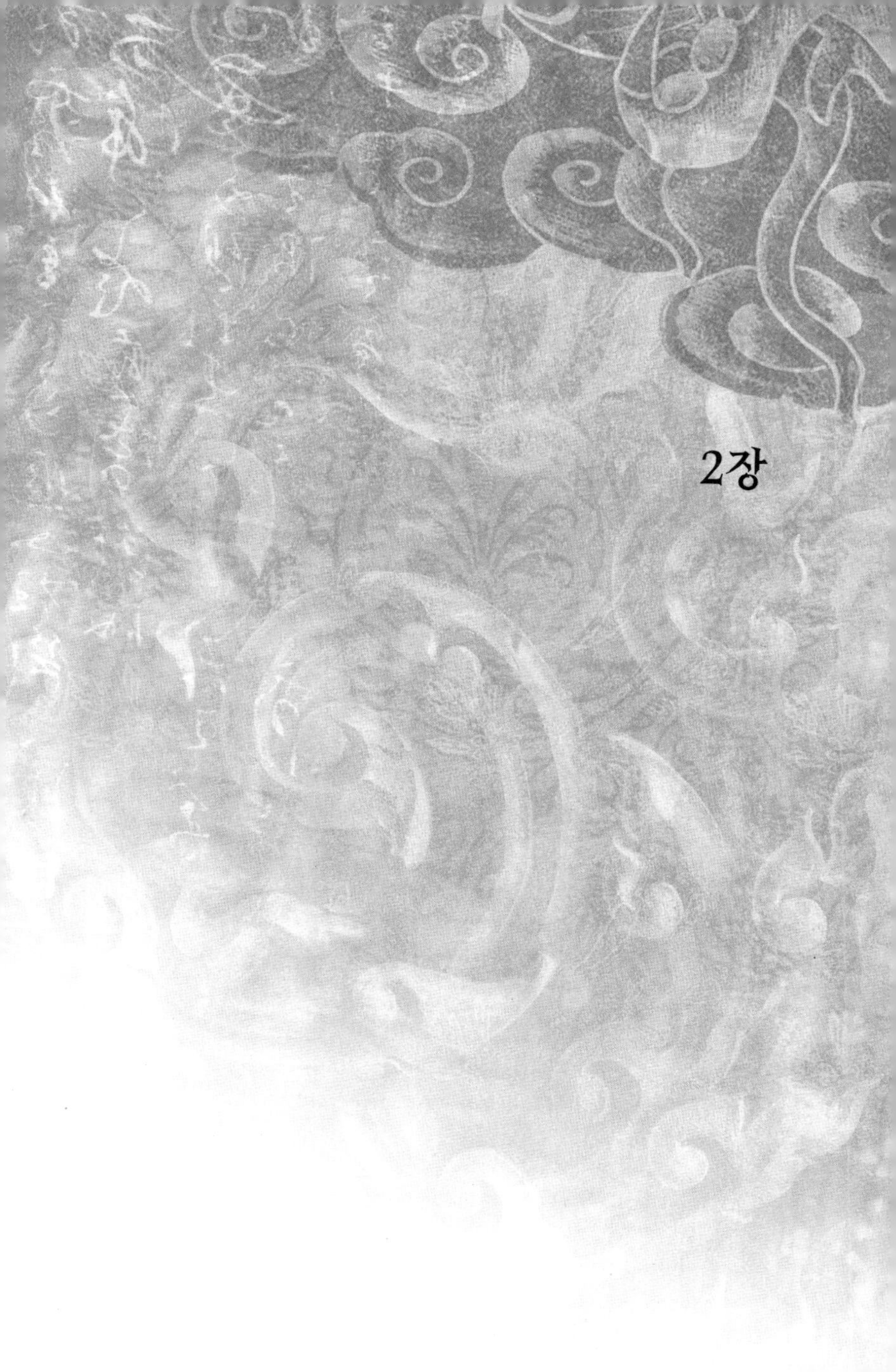

2장

"후우—."

코우고는 덤프트럭 운전석에 앉아 크게 숨을 들이마셨다.

우드득.

손마디를 꺾어 손을 푼 뒤 핸들에 손을 얹었다.

드드득—

기어 레버를 D에 넣은 후, 있는 힘껏 액셀을 밟았다.

우아아아앙!

덤프트럭은 터질 듯한 엔진음을 내뿜으며 앞으로 달려나갔다.

"칙쇼! 칙쇼! 치익쇼오!"

코우고는 입술을 질근질근 씹으며 대형 세단을 덮쳤다.

콰광—

덤프트럭은 들이박은 것으로도 모자라 대형 세단을 밀고 나갔다.

"죽엇!"

코우고는 충격에 몸이 흔들리며 느슨해진 액셀을 다시 꽉 밟았다.

콰과과광!

그러자 덤프트럭은 더욱 거세게 대형 세단을 어느 건물 벽으로 밀어붙였고, 결국 대형 세단을 반파시킬 수 있었다.

"후우—, 후우—."

코우고는 거칠게 숨을 몰아쉬며 고개를 들어 창문 아래를 내려다보았다.

부서진 차량 파편 사이로 붉은 피가 묻어있었다.

상대가 죽었는지 살았는지 정확히 알 수 없으나 일단 성공은 한 셈이었다.

부아아앙—

그때 덤프트럭 뒤로 또 다른 승용차가 달려왔다.

방금 덮친 대형 세단의 주인, 야마구치구미의 총사제의 보디가드 겸 꼬봉들이었다.

코우고는 다급히 속주머니로 손을 넣었다.

까끌거리는 질감을 가진, 손바닥만 한 종이를 얼른 꺼냈다.

그건 바로 부적이었다.

"이걸 찢으면 된다 했지."

좌좍—

코우고는 한 치의 망설임도 없이 부적을 찢었다.

화아악—

그러자 낯선 기운이 덤프트럭 운전석을 뒤덮었다.

기이한 기운에 코우고의 눈가가 꿈틀거릴 때였다.

그가 앉은 의자에 검은 먹물 같은 것이 피어나더니 한순간 의자 일대를 뒤덮었다.

"어? 어!"

검은 먹물, 아니 초도의 검은 구덩이가 그를 집어삼켰다.

툭—

이어 피투성이의 시체 하나를 내뱉은 검은 구덩이는 그 자리에서 사라졌다.

곧이어.

야쿠자들이 덤프트럭 문을 벌컥 열렸다.

*　　*　　*

그 시각, 박현은.

“잘 먹었소이다.”

프로레슬러를 연상시키는, 기골이 장대한 사내가 이쑤시개로 이빨을 쑤시며 식당을 나섰다.

세키잔[赤山].

그는 오니가 장악한 야마구치구미의 두 부회장 중 일인이자, 붉은 오니[赤鬼, 붉은 오니] 일족을 이끄는 자였다.

세키잔은 익숙한 걸음으로 어슬렁어슬렁 인적이 뜸한 골목길로 들어섰다.

최대 파벌인 붉은 오니 일족을 대표하는 아카치츠카이[赤土會] 사무실은, 그의 이름에 어울리지 않게 상당히 외진 곳에 위치하고 있었다.

저벅 저벅 저벅.

걸음을 걷던 세키잔은 걸음을 툭 멈췄다.

“퉷!”

세키잔은 입에 물고 있던 이쑤시개를 바닥에 툭 내뱉었다.

“누구냐?”

세키잔은 고개를 돌려 건물과 건물 사이, 겨우 사람 하나 드나들 수 있을 법한 곳을 쳐다보았다.

어둑한 그곳에서 검은 모자를 깊게 눌러쓴 이가 모습을 드러냈다.

“나를 찾아온 손님인가?”

세키잔은 목을 우드득 풀며 그를 향해 몸을 돌렸다.

깊게 눌러 쓴 검은 모자.

검은 자켓, 검은 청바지, 그리고 검은 가죽 장갑.

자객(刺客), 딱 그 모습이었다.

그리고 그 자객을 야쿠자 세계에서는 텟포다마라 부르고.

“텟포다마인가?”

세키잔은 고개를 갸웃거렸다.

“나를 건들 놈들은 없을 텐데.”

항쟁 중도 아니고, 근래 누구의 원망을 쌓은 일도 없었다.

“…….”

상대는 아무 말이 없었다.

“하긴, 이 바닥이 원한 있어 움직이는 곳이 아니기는 하지.”

세키잔은 피식 웃음을 삼켰다.

"그건 그렇고, 무슨 생각으로 너를 보낸 건지 모르겠군."

세키잔은 아무런 기운도 느껴지지 않는 검은 모자를 안쓰럽다는 듯 쳐다보았다. 하지만 그런 눈빛과 달리 입가에는 진한 웃음기가 그려지기 시작했다.

그러는 사이.

검은 모자는 품에서 권총을 꺼내 세키잔을 겨눴다.

"크크크크."

권총을 보자 세키잔은 어이없다는 듯 웃음을 터트렸다.

"죽엇!"

틱— 틱틱—

검은 모자는 방아쇠를 당겼지만, 권총 슬라이더가 무언가에 걸린 듯 요지부동이었다.

"……!"

그리고 검은 모자의 눈이 부릅떠졌다.

그건 바로 수 미터 떨어진 곳에 있던 세키잔이 어느새 눈앞에 서서 제 손의 권총을 붙잡고 있었다.

"일반인들도 있는데 대낮에 권총은 너무하지 않나?"

"이익! 이익!"

검은 모자는 그의 손아귀에 잡힌 권총을 빼기 위해 용을 썼지만 아무 소용 없었다.

"쯧쯧."

그 모습에 세키잔은 나직하게 혀를 찼다.

"아무것도 모르는 우매한 중생이로군."

세키잔은 다른 손을 뻗었다.

"그렇다 해도 없는 죄가 사라지는 건 아니지."

그 모습에 검은 모자는 재빨리 허리를 뒤로 젖혀 피하려 했지만, 세키잔의 손을 완전히 뿌리칠 수 없었다.

툭—

세키잔은 검은 모자를 손으로 툭 쳐 벗겨 냈다.

"허어—, 꼴에 가면까지."

검은 모자 아래 숨겨진 건 호랑이 가면이었다.

"호랑이인가? 색이 특이하군."

호랑이의 색은 마치 백호의 것을 반전이라도 시킨 듯 검은 바탕에 하얀 줄무늬가 들어가 있었다.

"흑호인가?"

세키잔은 묘한 호기심을 보였다.

"본 적 있나?"

그때 흑호의 가면 속, 박현의 입가가 말려 올라갔다.

"……?"

"예로부터 호랑이가 일본에서는 미지의 공포라며?"

"이 녀석 봐라. 꼴에 텟포다마라고 배짱을 부리는 건가?"

"본 적 있나? 붉은 오니 양반."

"……!"

붉은 오니 양반?

텟포다마는 분명 자신의 정체를 알고 찾아왔다.

그에 세키젠의 눈두덩이가 꿈틀거렸다.

"없어?"

"이 새끼, 너 곱게 못 죽겠구나."

"하지만 지금 보게 될 거야."

순간 박현의 눈동자가 황금색으로 변했다.

박현의 눈에서 뿜어져 나오는 황금빛 기운에 세키잔의 몸은 순간 굳어졌다.

"크르르."

이어 들려온 나직한 울음.

'호, 호랑이?'

세키젠의 눈이 부릅떠졌다.

"크하앙!"

흑호 가면을 쓴 이의 몸이 한순간 거대한 흑호로 변했다.

"이익!"

재빨리 뒤로 물러나려는 세키잔이었지만, 그건 그의 마음일 뿐 몸은 그의 의지를 배반했다.

굳은 다리는 마치 땅속 깊게 박힌 듯 움직이지 않았다.

쐐애애애액— 서걱!

그리고 세 줄기의 날카로운 발톱은 그의 목을 베어버렸다.

"컥! 컥!"

세키잔은 반쯤 베어진 목을 양손으로 움켜잡으며 주춤주춤 뒤로 두어 걸음 내딛다가 바닥으로 허물어졌다.

"꺼억! 끅—."

세키잔은 바닥에 쓰러진 채 거친 숨을 몇 번 몰아쉬다 이내 숨이 끊기며 바닥에 허물어졌다.

박현은 죽은 세키잔의 몸을 발로 툭툭 찬 뒤 부적을 찢었다.

촤아악!

그러자 박현이 서 있는 주변의 공기가 달라졌다.

그 공기가 머무는 땅에서 초도의 검은 구덩이가 피어났다.

툭!

그리고 검은 구덩이에서 또 하나의 시체가 툭 튀어나왔다.

고베 야마구치구미의 조직원의 시신이었다.

"수고했어요."

"수고는 뭐. 얼른 기운 지워라. 텐구[天狗][1)]들이 알아차릴라."

"상관없어요. 이제 텐구들을 끌어들일 차례니까."

박현이 어깨를 으쓱 들어 올리자.

"으흐흐흐."

초도는 묘한 웃음과 함께 손을 흔든 뒤 검은 구덩이를 닫았고, 박현은 부적의 기운을 지웠다.

*　　　*　　　*

고베 야마구치구미, 본가 집무실.

상석이 비워진 자리에 부회장 이시다 쇼코쿠가 자리하고 있었다.

"오야붕."

그의 보좌인 오자와 이치로가 안으로 들어왔다.

"어찌 되었나?"

"부회장인 쿠요시[靑石]의 배에 칼 하나 꽂아주었습니다."

쿠요시는 야마구치구미의 두 파벌 중 하나인 파란 오니 일족의 수장이자 부회장이었다.

"쉽지 않았을 텐데."

"대신 가쓰야의 팔 하나가 날아갔습니다."

그 말에 쇼로쿠의 미간이 좁아졌다.

가쓰야는 자신이 이끄는 야마켄구미(山健組)의 간부이자, 행동대를 이끄는 무장(武將)이었기 때문이었다.

그때였다.

말단 조직원 하나가 조심스럽게 들어왔다.

"부회장."

"무슨 일이냐."

"야마구치구미의 키오 쿠미쵸에게서 전화가 왔습니다."

"키오?"

쇼로쿠는 코웃음을 치며 되물었다.

"하이."

"흥!"

쇼로쿠가 콧방귀를 뀌며 손을 까딱이자, 말단 조직원이 조심스러운 자세로 전화기를 받혔다.

"나, 부회장 이시다 쇼로쿠요."

《왜 네가 전화를 받지?》

"임시지만 내가 구미쵸 대행을 맡고 있소."

《그럼 네게 이야기를 하면 되나?》

"……."

《보내준 선물 잘 받았어.》

"마음에 들었으면 좋겠소."

《마음에 들었지. 어주 어마어마한 선물이었어.》

하긴 어마어마한 선물이었지.

부회장 중 하나인 쿠요시의 배에 칼 하나를 박았으니까.

《총사제의 트럭 테러. 부회장 쿠요시의 검상. 그리고 세키젠의 암살.》

"뭐, 뭐……."

《아주 작정하고 보냈더군.》

"자, 잠……."

《이 항쟁, 너와 고이치로의 목이 날아가기 전까지는 끝나지 않을 거다.》

달깍.

전화가 끊겼다.

"이치로."

"하, 하이?"

"이게 어찌 된 일이야!"

쇼로쿠는 붉으락푸르락 한 얼굴로 소리쳤다.

* * *

"나이초[内調][2]에서 전화가 왔었다."

"내각정보조사실에서 말입니까?"

"그래."

"오쓰지 히데히사 내각정보관[3]이 그러더군. 우리가 카이가이메[獨目] 총사제와 두 부회장을 노렸다고."

고베 야마구치구미의 구미쵸, 마쓰무라 고이치로의 말에 부회장이자 그의 명에 의해 이 항쟁을 이끄는 이시다 쇼로쿠가 무릎에 올려놓은 손을 꽉 말아쥐었다.

"……."

쇼로쿠는 입이 두 개라도 할 말이 없었다.

하지만 마냥 입을 닫고 있을 수만은 없는 법.

"……오야붕."

쇼로쿠는 입술을 한번 질끈 깨문 뒤 입을 열었다.

"잘했다."

"하, 하이?"

고이치로의 칭찬에 쇼로쿠가 눈을 번쩍 치켜떴다.

"뭘 그렇게 놀라?"

"……."

"설마 내가 질책이라도 할 거라 여긴 게냐?"

"그게 아니라."

쇼로쿠가 우물쭈물하자 고이치로는 담담한 웃음을 지었다.

"어깨의 짐이 생각보다 무겁게 느껴지는 모양이로구나."

"아닙니다, 오야붕."

“어쨌거나 잘했어.”

쇼로쿠는 입을 달싹였지만 조용히 닫았다.

“사무라이의 후예라면 당한 것 이상으로 돌려줄 줄 알아야지.”

이어진 고이치로의 칭찬에 쇼로쿠는 조용히 허리를 숙였다.

“키오 구미쵸에게서 전화가 왔었습니다.”

“뭐라 하더냐?”

“오야붕, 그리고 저. 둘의 목이 날아가기 전까지 항쟁은 멈추지 않을 거라 했습니다.”

“흥! 적반하장도 유분수지! 역시나 상종 못 할 놈들이로군.”

“어쨌든 쉽지 않을 것입니다.”

객관적으로 보았을 때, 고베 야마구치구미는 야마구치구미보다 열세임은 분명했다.

“쉬운 길만 걸으려면 애초에 야마구치구미에서 갈라서지 않았어.”

쇼로쿠는 고이치로를 빤히 쳐다보았다.

“해서 나는 시노비[忍び, 닌자]들이 원하는 초대(初代)의 다섯 무구를 돌려줄 것이다.”

시노비, 현재에는 닌자라는 호칭으로 더 유명해진 암살 집단.

그들은 옛적 다이묘[大名][4]의 명에 의해 철저하게 사무라이의 감시와 지휘 안에서 움직인 상하복명의 단체였다.

그들은 살아남기 위해, 모시고 있던 다이묘에게 복종의 증표로 닌자 가문을 연 초대 당주의 무구를 바쳤었다.

그 무구는 세월이 흐르며 절대적인 명령권을 상징하게 되었고, 그리고 현재에 이르러서는 그들이 반드시 되돌려 받아야 할 숙원이었다.

왜냐하면 현재 더는 다이묘가 없었기에, 그리고 사무라이의 그늘에서 벗어났기 때문이었다.

또한.

아무리 세월이 흘렀어도 초대 당주의 무구의 위엄에서 자유로울 수 없었기 때문이었다.

어쨌든 그 무구들은 역사의 흐름에 따라 한곳으로 모였고, 현재 사무라이들 후예이자 그들의 정점인 고이치로가 소유하고 있었다.

"그들이 후방에서 흔들어준다면 이 항쟁, 승산이 있다."

"하오면."

"오쓰지 히데히사 내각정보관을 불렀다."

순간 쇼로쿠의 눈이 흔들렸다.

"하오나."

"시대가 시대인 만큼 더 늦기 전에 서로의 관계를 새로이 정립해야지. 언제까지 과거에 머물며 아옹다옹할 수야 있나. 어차피 살아가는 곳도 다르고."

고이치로의 눈매가 날카롭게 변했다.

"그리고 언제까지, 오니가 날뛰는 것을 볼 수야 없지. 이 땅은 그들이 아닌 우리의 땅이니까."

고이치로는 허리를 굽혀 쇼로쿠를 향해 몸을 가져갔다.

"그러니 쇼로쿠."

"예, 오야붕."

"너는 오로지 이 항쟁만 생각하고, 이길 생각만 해. 후방은 내가 단단히 지켜줄 터이니. 알았나?"

"하이!"

쇼로쿠는 다부진 목소리로 대답했다.

"오야붕!"

그때 간부가 안으로 들어왔다.

"히데히사 내각정보관이 만나기를 청합니다."

"그들도 급하긴 급했군. 벌써 오다니."

고이치로는 그만 나가보라는 의미로 손을 저었다.

"모셔."

쇼로쿠가 허리를 굽힌 후 자리에서 일어나자 고이치로는 그를 안으로 들이라 명했다.

"오야붕."

쇼로쿠가 고이치로의 집무실에서 나오자 보좌 오자와 이치로가 옆으로 바투 다가섰다.

"어찌 되셨는지."

"이치로."

쇼로쿠는 주변을 살피며 목소리를 낮췄다.

"하, 하이."

"이 순간부터, 야마구치구미에 보낸 텟포다마는 하나가 아닌 셋이다."

"예?"

쇼로쿠의 말에 이치로는 저도 모르게 목소리를 높였다.

"목소리 낮춰."

"죄송합니다."

"어느 놈이 행한지 모르나, 결과적으로는 내게는 잘된 일이 되어버렸어."

"아—."

이치로는 안도의 한숨을 목소리에 섞었다.

"어쨌든 그리 알아. 입단속도 시키고."

"예, 오야붕."

그때 복도 반대편에서 전형적인 공무원처럼 생긴 오쓰지 히데히사가 뚜벅뚜벅 걸어왔다.

평범하게 생긴 외모였지만 아무도 그를 무시하지 않았다.

하다못해 자신도 그를 무시하지 못했다.

"오랜만이오."

"오랜만입니다, 총당주."

그는 내각정보관이란 직책 뒤에 자신을 숨긴 시노비의 다섯 가문의 총당주였기 때문이었다.

"듣자 하니 이번 일이 부회장의 계략이라던데. 아주 과감하셨더군요."

칭찬인 듯하지만 눈빛은 어딘가 모르게 묘했다.

정보를 다루는 기관장이자, 첩보라면 그 누구에게도 뒤지지 않는 시노비들의 수장인 그는 현 상황에서 아마 이상함을 느꼈을 것이다.

"오야붕을 만난 후, 저를 좀 보시지요."

그와의 공조도 공조지만, 꺼림칙함의 원인을 알아봐야 한다.

그리고 그 일에는 이들이 가장 적합했고.

자신이 이겨야, 이들도 원하는 바를 얻을 수 있으니, 군말 없이 도와줄 것이다.

"그러지요."

그는 묘한 웃음을 지으며 대답했다.

"그럼."

히데히사는 쇼로쿠에게 가볍게 목례를 한 후 고이치로가 머무는 집무실로 향했다.

"그런데 갑자기 내각정보관이라니요. 깜짝 놀랐습니다."

외부의 시선 때문에 이렇게 만날 일은 거의 없었다.

"내각정보관이 아닌 시노비의 총당주 자격으로 온 거야. 오야붕께서 초대 당주의 무구를 걸고 거래를 할 생각이시다."

"예?"

당연히 놀란 이치로의 목소리가 커졌다.

"자세한 이야기는 자리를 옮겨서 하지."

"하이."

"간부들은?"

"대회의장에서 오야붕을 기다리고 있습니다."

고이치로는 고개를 끄덕인 후, 대회의장으로 발걸음을 옮겼다.

*　　*　　*

"우왓! 우왓!"

코우고는 타다시와 조직원들 앞에서 흥분한 채 소리를 지르듯 아무 말이나 내뱉고 있었다.

"정말 끝내줬습니다."

박현은 미간을 찌푸리며 코우고의 귀를 잡아당겼다.

"앗! 아! 아, 아픕니다."

"시끄럽다. 조용히 앉아있어."

박현은 코우고를 소파에 앉혔다.

"어쨌든 이 일로 야마구치구미와 고베 야마구치구미 사이의 전쟁은 피할 수 없게 되었어."

타다시와 간부 히데오는 고개를 끄덕였다.

"전면전으로 가겠지?"

박현이 묻자 나미카와카미의 브레인인 간부 히데오가 고개를 끄덕였다.

"야마구치구미의 자존심을 확실히 건드렸으니, 고베 야마구치구미가 원치 않더라도 반드시 전면전으로 갈 겁니다."

"이걸로 상당히 혼란스러워지겠군요."

타다시.

"그러면 저희는 무얼 합니까?"

히데오가 뒤를 이어 물었다.

이 전쟁을 일으킨 원흉이지만 지금은 쏙 빠져 제3자가 되어버렸다.

그 질문에 박현이 씨익 웃음을 지었다.

박현의 웃음기에 다들 순간 흠칫거렸다.

"그 질문을 기다렸어."

"끙."

순간 타다시는 앓는 소리를 냈다가 그 신음을 자각하며 어색한 웃음을 지어 보였다.

"우리가 이 판을 벌인 주인공이야. 그런 우리가 빠지면 섭하지. 안 그래?"

"……그렇습니다."

"우리도 움직여야지."

"설마……."

입을 떼는 타다시의 얼굴은 굳어 있었다.

"그 항쟁에 끼어들 셈이십니까?"

"아니."

박현이 고개를 저었다.

"설마 이 기회에 좋은 나와바리를 꿀꺽?"

코우고.

"아니."

"……?"

이것도 아니고, 저것도 아니고.

타다시와 코우고, 그리고 히데오는 눈을 껌뻑이며 박현을 쳐다보았다.

"우리는 이나가와카이(稻川會)를 친다."

이나가와카이.

야마구치구미, 고베 야마구치구미, 그리고 폐안의 스미요시카이와 더불어 일본 3대 야쿠자 조직이었다. 그리고 이나가와카이의 조직은 신이자 악마들인 텐구들의 조직이었다.

"야마구치구미와 고베야마구치구미의 이름으로."

"예? 하지만 고베 야마구치구미는 사무라이들입니다."

"그래서 한국에서 힘 좀 쓰는 검사들을 불렀지."

박현이 씨익 웃는 순간.

"얼씨구."

바닥에서 조완희의 얼척이 없어 하는 목소리가 툭 튀어나왔다.

더불어 먹물 한 점이 서서히 커지며 검은 구덩이를 피워냈다.

"왔냐?"

박현이 검은 구덩이를 내려다보았다.

"그래, 이 망할 놈아."

검은 구덩이 속에서 조완희를 비롯한 일행이 툭 튀어나왔다.

"소개하지. 아사노구미(浅野組). 음……."

박현은 소개를 하다 말고 어색한 표정을 지었다.
"근데 누가 구미쵸야?"
박현이 조완희와 일행들을 쳐다보며 물었다.
동시에 조완희의 얼굴이 화락 일그러졌다.

*용어

1) 텐구[天狗]: 텐구는 중국의 요괴인 '천구(天狗)'에서부터 유래되었지만, 전혀 다른 모습으로 재탄생되었다. 텐구는 일본에서 악마로 묘사되기도 하면서도 신으로 받들어지는 묘한 포지션을 가지고 있다. 일반적인 외형은 붉은 피부에 코가 길고 크며, 도사 혹은 승려의 복장을 하고 있다 한다. 오니와 함께 일본 3대 요괴 중 하나이다.

2) 나이초[内調]: 내각정보조사실, 일명 나이초. 일본을 대표하는 정보조직으로, 일본 총리 직속 조직이다.

3) 내각정보관: 내각정보조사실 총책임자.

4) 다이묘[大名]: 막부의 장군과 지방의 번주(藩主), 즉 지방 영주라 보면 된다.

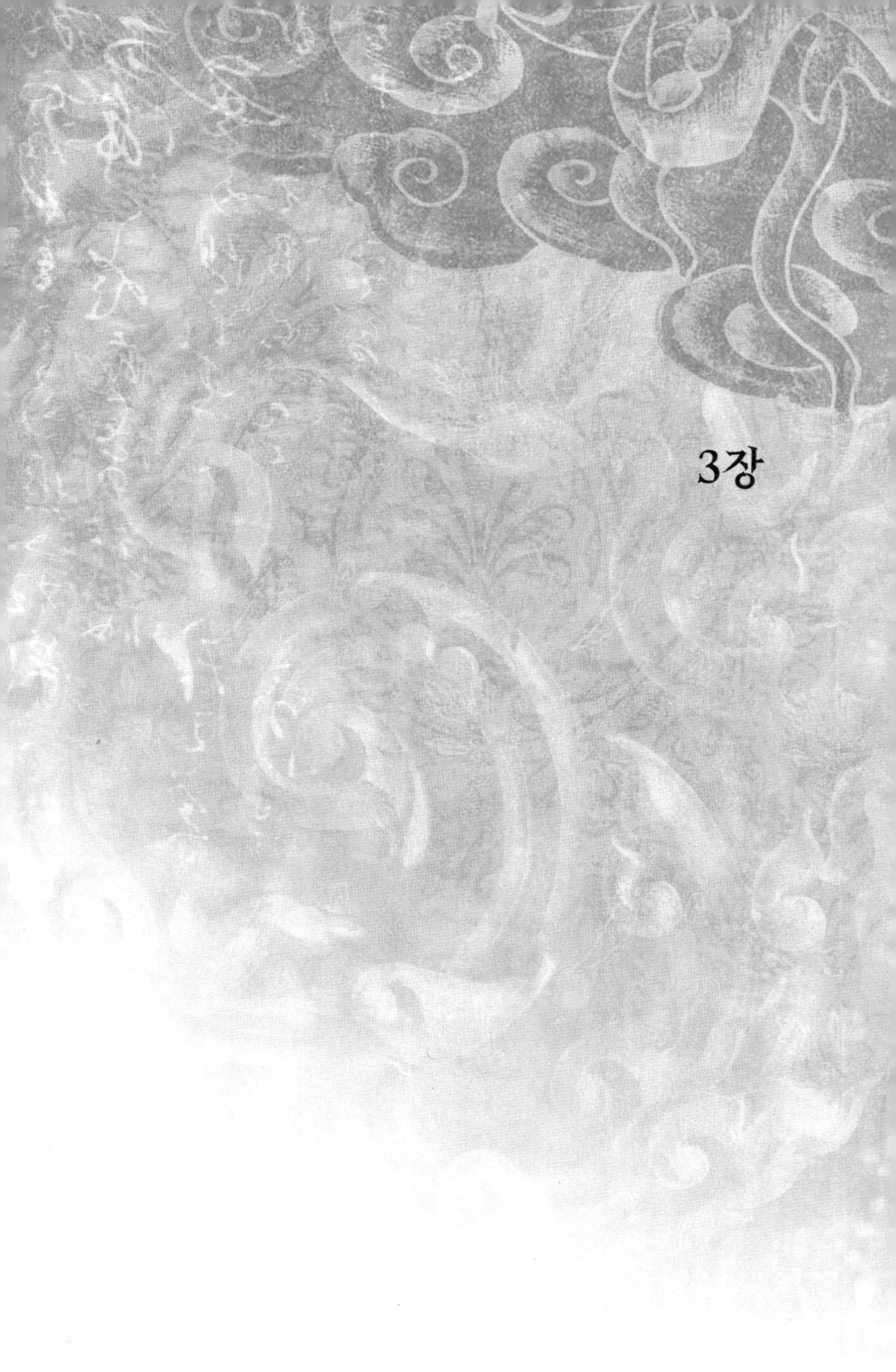

3장

"아사노구미(浅野組)면……."

타다시의 입가에 쓴웃음이 살짝 지어졌다 지워졌다.

비록 다른 조직이라 속내를 모두 알 수 없지만, 그래도 건너 건너 들은 바가 있는 조직이었다.

아사노구미는 고베 야마구치구미 내에서 겨우 이름만 유지하고 있는 조직이었다.

언제 조직도에서 사라져도 할 말이 없을 정도의 조직이었다.

"부회장 이리에 타다시라 하오."

타다시는 티격태격 구미쵸가 된 비형랑에게 악수를 청했다.

"뭐—, 비형랑이요."

"한국인?"

타다시의 목소리 끝이 살짝 올라갔다.

단지 비형랑이 한국 이름을 가지고 있어서 그런 것이 아니었다. 사실 타다시 역시 재일교포이며 한국의 피가 흐르지 않던가.

또한 이강식이라는 한국 이름도 가지고 있었다.

다만 그가 그리 반응한 이유는 단 하나.

일본에서 살아가기에, 재일교포이며 야쿠자이기에 일본식 이름을 썼다.

그리고 모든 재일교포들은 아주 특별한 일이 아니고서는 다들 일본식 이름을 사용하기에 지금처럼 한국 이름으로 자신을 소개하지 않았다.

그렇기에 의아한 반응을 내보였다.

"왜, 불만이신가?"

"그런 건 아니오."

불쾌해하는 듯한 비형랑의 반응에 타다시는 이내 사과했다.

"미안하오. 단지 의아해서 그러한 것뿐이니까."

"불쾌해할 거 없어. 그 녀석 진짜 이름은 이강식이니까."

박현.

"그리고 여기 있는 놈들 다 한국의 피가 흐르고 있어. 다만 일본이고 야쿠자들이니 일본식 이름을 가지고 있을 뿐이야."

이어진 말에 비형랑도 짐짓 딱딱해진 표정을 풀었다.

"너도 적당한 이름 하나 지어."

자칫 불편한 인사가 될 뻔했지만, 아니 옆에서 불편한 인사가 이어지고 있었다.

"웬 노가다?"

"양아치가 여기 왜?"

그건 바로 코우고와 망치 박.

둘은 악수를 하다 말고 서로 얼굴을 들이밀더니 급기야 이마를 맞댔다. 그리고 험악한 인상을 쓰며 서로 힘겨루기에 들어갔다.

그리고.

또 다른 한 쌍.

당래불과 유우키.

"뭐야, 땡중이야?"

"맞습니다. 더운 복날에 몽둥이를 들 수 있는 아주 막 나가는 땡중입지요."

그리고 손을 맞잡은 둘의 손등에 힘줄이 불룩불룩 돋아

나기 시작했다. 서로의 악력에 둘의 손이 하얗게 질려가는 것과 달리 둘의 얼굴은 온갖 힘을 쏟는다고 금세 터져도 이상하지 않을 정도로 빨갛게 변해갔다.

"휴우—. 빠가타치[바보들]."

인사 나누는 자리에서 기 싸움이란.

히데오가 고개를 절레절레 저을 때, 어디선가 자신과 비슷한 한숨을 내쉬는 소리가 들렸다.

"하아—, 저 멍청이들."

이승환은 이마를 짚으며 한숨을 푹 내쉬고 있었다.

당연히 서로의 소리에 시선이 마주쳤다.

"고생이 많습니다."

"당신이야말로."

"아—, 저는 히데요입니다."

"이승환이라고 합니다."

둘이 동병상련을 느끼며 애잔하게 서로 악수를 청할 때였다.

"망치로 머리를 쪼사부릴까!"

"뭐? 이 새끼가, 배때기에 칼 하나 쑤셔 줘?"

급기야 망치 박과 코우고는 아예 서로 얼굴을 비비며 험악한 소리를 주고받았다.

"말려야겠죠?"

"그래야……."

이승환과 히데오가 망치 박과 코우고에게 걸음을 옮기려 할 때였다.

"어이!"

박현이 다가섰다.

"오, 오야붕."

"혀, 형님."

박현은 둘의 뒤통수를 손바닥으로 후려갈겼다.

"꽤액!"

"꾸엑!"

둘은 사지 뻗고 기절한 개구리처럼 바닥에 엎어져서 몸을 파르르 떨었다.

"뭔가 불법의 광명이 비추는 것 같습니다."

"소승도 한눈에 알아봤습니다. 참으로 견실한 시주이십니다."

"하하, 하하."

"허허, 허허!"

어색한 웃음들.

당래불과 유우키는 자신들의 웃음이 어색한 것을 느꼈는지 서로 굳은 힘으로 포옹했다.

"하하하."

"허허허!"

그 포옹은 분위기를 더욱 어색하게 만들었다.

"지랄들 한다. 어서 앉기나 해."

박현의 말에.

"옙!"

"하잇!"

둘은 재빨리 뛰어 소파에 나란히 앉았다.

문제는 그 소파가 일인용 소파라는 게 문제였다.

하지만 박현의 부라린 눈에 이 눈치 저 눈치 보느라 바로 일어나지도 못했다. 그렇게 둘은 좁고 불편하게 서로의 몸을 비비며 앉아 있을 수밖에 없었다.

"그래, 그렇게라도 친해져야지. 대충 인사들 나눴지?"

박현이 타다시와 비형랑, 조완희를 쳐다보며 물었다.

"예, 오야붕."

"그래."

짝.

박현은 박수를 쳐 분위기를 환기시켰다.

"그럼 본론으로 들어가 볼까?"

박현은 타다시를 쳐다보았다.

"우리는 야마구치구미와 고베 야마구치구미의 이름으로 이나가와카이(稻川會)를 친다. 그들을 야쿠자의 거대 항쟁으로 밀어넣을 거야."

"쉽사리 움직이겠습니까?"

브레인 히데오가 물었다.

"움직이도록 해야지."

"……."

박현이 한 말이기에 히데오는 가타부타 말을 덧붙이지는 않았다. 하지만 표정으로 보건대 쉽지 않을 거라는 생각이 여실히 드러났다.

"히데오. 안 움직일 거라 보나?"

"솔직히 말씀드리자면 그렇습니다."

"왜?"

"누가 봐도 의심스러운 상황이니까요."

"그런데 그들을 노리는 조직에 야마구치구미와 고베 야마구치구미뿐만 아니라 스미요시카이(住吉会)도 있다면?"

"보, 본회까지 말입니까?"

히데오의 말에 박현은 고개를 저었다.

"본회는 아니지."

"아—, 죄송합니다. 실언을 했습니다."

니미카와카이는 현재 스미요시카이에 파문을 당한 입장.

"어쨌든 스미요시카이까지 참전한다면?"

"아무리 굳건하게 뿌리를 내린 거목(巨木)이라도 몰아치는 태풍을 피할 수 있는 방법은 없습니다."

"시류에 휩쓸린다?"

"그렇습니다."

"좋아!"

박현은 미소와 함께 고개를 크게 끄덕이며 타다시를 쳐다보았다.

"우리는 거대한 항쟁에 불을 붙인 뒤 빠진다."

"예?"

타다시는 저도 모르게 목소리를 높였다.

"일본 전역을 휩쓰는 3대 조직 간의 전쟁. 우리는 그 틈바구니 안에서 그들의 구역을 집어삼킬 거야. 그리고 단숨에 거대 세력으로 변신하는 거지."

박현은 타다시를 지그시 쳐다보았다.

"타다시."

"예."

"너는 애들 데리고 독립해서 조직을 하나 만들어."

"예?"

"어려울 거 없어. 그냥 본인 제외하고 애들 데리고 그대 조직에 이식해."

"오, 오야붕."

"제2산하 조직의 오야붕으로 본회의 부회장 직을 유지해."

박현의 말에 타다시는 쉽사리 대답하지 못했다.

"그리고 비형랑."

"듣고 있다."

"너는 총사제 역으로 합류해."

"총사제라."

비형랑은 잠깐 생각에 잠겼다가 고개를 끄덕였다.

"저기 오야붕."

타다시가 머뭇거리다가 끼어들었다.

"……?"

"연합을 결성하시려는 겁니까?"

박현은 고개를 끄덕였다.

"하지만 겨우 두 조직으로."

"누가 두 조직이래?"

"……?"

그 말에 타다시는 눈을 몇 번 껌뻑였다.

"거대한 전쟁이 발발하면 우리는."

쿵!

박현은 바닥을 발로 밟았다.

"일본의 심장. 도쿄를 점령한다."

"도쿄……."

"그리고 우리가 한 걸음 전진하면, 스미요시카이의 하부 조직 몇 개가 본인의 산하로 들어올 것이야. 그리고 고베 야마구치구미의 산하 조직도 서넛, 그리고 야마구치구미의 산하에서도 대충 정도 넘어올 거야."

"오, 오야붕!"

"미, 믿을 수 없습니다."

타다시와 히데오는 도저히 믿을 수 없다는 듯 박현을 쳐다보았다.

"하지만 그리 좋아할 거 없어."

"예?"

"넘어오는 조직 또한 이름만 남은 조직이니까."

이해가 되지 않는 말이기에 타다시는 다시 한번 멍한 표정을 지어야 했다.

"걱정 마."

박현이 보란 듯이 씨익 웃자.

"서, 설마—."

히데오는 뭔가 떠오른 듯 소리를 내며 고개를 돌려 비형랑을 쳐다보았다.

"넘어오는 조직은 간판만 남아 있겠지만, 본인은 그 간판 아래를 꽉 채울 수 있지."

그때였다.

후우우웅—

마치 지진이라도 난 것처럼 사무실이 파르르 떨렸다.

"호랑이도 제 말 하면 온다더니."

박현은 조완희를 쳐다보았다.

촤악—

그 기운에 조완희가 재빨리 부적 하나를 꺼내 찢었다.

화아아악—

낯선 기운이 터지듯 사무실을 꽉 채웠다.

그 기운은 사무실을 외부와 완벽하게 차단했다.

촤아아—

그 기운이 안착하자 바닥에는 검은 그림자가 넓게 피어났다.

초도의 길.

그 검은 구덩이에서 서기원이 툭 튀어나왔다.

"나 왔어야."

서기원뿐만 아니었다.

"노년이 심심하지 않겠구나."

삼두일족응.

"이제야 드디어 키츠네, 그년하고 결착을 내릴 수 있겠어."

고미호.
“주군을 뵈옵니다.”
암별초 낭장 그슨대까지.
북성의 힘을 집결시켰다.
일본의 중심.
이곳 도쿄에.
“오, 오야붕.”
타다시.
“뭘 그렇게 놀라? 놀라는 건 아직이야.”
“예?”
“이들은 겨우 선봉대일 뿐이니.”
박현의 눈빛이 차갑게 가라앉았다.
“기대해. 일본, 본인이 먹는다.”
그렇게 말하며 입꼬리를 말아 올렸다.

* * *

며칠 전.

금강산 산중 기슭.
허름한 초가.

그곳에 북성을 이끄는 이들이 모였다.

"무슨 일로 성주의 이름으로 회합을 여셨을까요?"

고미호가 옆에 앉아있는 삼두일족응에게 슬쩍 물었다.

"글쎄. 난들 아나? 부성주가 오면 알게 되겠지."

호랑이도 제 말하면 온다더니, 그 말이 끝나기가 무섭게 방문이 열리고 백택이 안으로 들어왔다.

"어머?"

고미호가 백택과 함께 들어오는 서기원을 보자 눈매가 묘하게 휘어졌다.

"기다리게 해서 미안합니다."

"아닙니다."

상태성.

자리에 앉은 백택은 상태성을 비롯해, 실질적으로 북성을 이끄는 사방장군과 든든한 뒷배가 되어주는 삼두일족응과 여우일족의 대표 고미호, 그리고 마지막으로 실질적인 손발이 되어주는 암별초 낭장 그슨대를 쓰윽 쳐다보았다.

"오늘 이 자리를 마련한 건 성주께서 내린 하명이 있어서입니다."

"흠."

"음."

몇몇의 시선이 서기원에게로 잠시 옮겨갔다.

"험."

백택은 헛기침으로 어수선해지려는 분위기를 다시 다잡으며 입을 열었다.

"응 장로님, 고 장로."

백택은 삼두일족응과 고미호를 쳐다보았다.

"그리고 별초장."

"예."

"셋은 수하들을 이끌고 일본으로 건너가 주셔야겠습니다."

"일본이라 하셨소?"

그 말에 삼두일족응이 미간을 찌푸리며 되물었다.

"예."

"일본이라, 무슨 연유인지 먼저 묻고 싶군요."

"성주께서 일본을 무너트리고자 하십니다."

"일본을 무너트려?"

삼두일족응의 목소리가 커졌다.

"정확히는 일본의 이면입니다."

"설마."

거기에 별초장의 목소리가 끼어들었다.

"뭐 알고 있는 거라도 있는 겐가?"

삼두일족응이 별초장을 보며 물었다.

"일본이 요즘 한참 시끄럽습니다."

"일본이 시끄럽다?"

삼두일족응이 더 말해보라는 듯 그의 말을 따라 읊었다.

"정찰총국장[1]의 말에 의하면 현재 야마구치구미의 항쟁으로 일본이 일촉즉발의 상황이라 합니다."

"야마구치구미의 항쟁?"

"정확히는 야마구치구미와 고베 야마구치구미입니다."

"신족과 인간들의 싸움이로군."

삼두일족응 역시 야마구치구미에 대해서는 잘 알고 있었다.

오랜 시간 하나의 조직이었지만 결국 서로를 이해하지 못하고 갈라진 이들.

"그런데. 정찰총국장의 말에 의하면 그 싸움의 시작이 어딘가 부자연스럽다 합니다."

"부자연스럽다?"

삼두일족응도 그 말에서 뭔가 느낀 것이 있는지 백택을 쳐다보았다.

"혹시?"

그 물음에 백택이 고개를 끄덕였다.

"현재 성주께서는 일본에 머무시고 계십니다."

"허어."

삼두일족응은 놀란 얼굴을 숨기지 못했다.

"현이는 지금 독립된 야쿠자 조직의 그 뭐시기야, 구미쵸? 여튼 그래야."

서기원이 부연을 덧붙였다.

"하지만 말일세."

삼두일족응이 궁금한 건 그 사실이 아니었다.

야쿠자의 세계는 외부에서 보이는 것과 달리 매우 폐쇄적인 집단이었다.

왜냐하면 바로 외부로 표출된 이면의 집단이기 때문이었다.

"폐안 형님이 도와줬다 했어야."

"그렇구만. 폐안이 있었군."

용생구자의 넷째이자, 일본의 이면의 한 축을 집어삼킨 천외천.

이제 어찌 돌아가는지 감이 잡혔다.

"일본을 무너트린다. 그 일본을."

삼두일족응은 고개를 들어 상태성을 쳐다보았다.

현재 북성은 2개의 파벌이 존재하고 있었다.

그 하나는 해태의 밑에서 북성이 지켜온 사방장군이었고, 또 다른 하나는 봉황과 용왕 문무를 피해 북으로 올라온 과거 봉황회 소속의 신들이었다.

파벌이 있다 해도 딱히 문제가 일어난 것은 아니었다.

그저 좀 더 마음 편한 이들끼리 모일 뿐이었다.

어쨌든 현재 사방장군의 은연중 수장은 상태성이었다.

"어찌 생각하십니까?"

"글쎄요. 일단 중요한 건 성주의 생각이 아니겠습니까?"

상태성은 그 사이 깊게 생각한 바가 있는 듯 백택과 서기원에게 시선을 주었다.

"일단 응 장로, 고 장로, 그리고 별초장을 부르셨다는데. 성주께서라면 그 답도 자네에게 일러주셨으리라 싶네."

상태성의 말에 서기원이 고개를 끄덕였다.

"박현은 일본을, 정확히는 일본 이면의 뿌리부터 흔들 거라 했어야."

"뿌리부터?"

"그 시작은 일본의 3대 조직, 아니 야마구치구미가 고베로 갈라졌으니 4대 조직이 얽히고설킨 전쟁이지야."

"흠."

"현이의 말에 의하면 일단 곳곳에 폭탄은 심어놨는데, 그걸 누를 손이 부족하다 해야."

"손이 부족하다?"

조용히 귀를 기울이고 있던 고미호가 참지 못하고 끼어들었다.

"이간질이군."

"에이, 응 장로님도 참. 이이제이(以夷制夷)란 좋은 말도 있어야."

삼두일족응의 말에 서기원이 씨익 이를 드러내며 웃음을 지어 보였다.

"그래서?"

고미호.

"푸하하하하하!"

"으하하하하하!"

그녀의 반문에 상태성과 삼두일족응은 동시에 웃음을 터트렸다.

"뭔데 그렇게 웃음꽈?"

"그러게. 뭔데 그리 웃는 거요?"

둔갑너구리와 백두산 야차.

"이런, 이런."

그에 반해 백두산 백장군은 난처한 표정을 지었다.

"그래서 응 장로와 고 장로, 별초장만 불렀군."

"뭔데 그럼꽈? 귀여운 너구리 숨 넘어가겠습돠."

둔갑너구리가 백두산 백장군의 옆구리를 툭 치며 조용히 물었다. 하지만 다들 백두산 백장군을 향해 귀가 쏠렸다.

"성주께서는 지금 우리에게 야쿠자가 되라 하시네. 안

그런가?"

"맞아야."

서기원은 그 질문에 대답하며 삼두일족응과 고미호, 그리고 별초장에게로 시선을 옮겼다.

"자리는 다 만들어놨다고 얼른 오라 했어야."

서기원은 고개를 돌려 사방장군을 쳐다봤다.

"장군들께서도 그리 웃을 거 없어야."

"……?"

"……?"

"어차피 차순으로 넘어가야 해야."

서기원이 농 어린 웃음을 짓자.

"뭐? 크하하하하하!"

백두산 야차만이 큰 웃음을 터트릴 뿐, 다들 순간 당황한 표정을 짓고 말았다.

* * *

그리고 현재.

"현아. 형님께 연락 왔다."

초도가 얼굴을 삐죽 내밀며 말했다.

"예. 다들 들어가자."

"어, 어디를……."

박현은 서기원과 삼두일족응, 고미호와 별초장을 다시 초도의 공간으로 밀다시피 돌려보낸 후 수하들을 이끌고 그 안으로 들어갔다.

"여, 여기가 어디입니까?"

낯선 공간이 주는 불안함에 타다시가 말끝을 떨며 물었다.

《안~~~~녕~~~~.》

공동(空洞)을 울리는 귀수산의 인사가 들려왔다.

"오랜만입니다. 형님."

《그~~러~~게~~~ 자~~주~~~ 놀~~러~~오~~고~~~ 그~~러~~지.》

"하하, 하하. 앞으로 자주 놀러오겠습니다."

《아~~니~~야~~~. 농~~담~~이~~야, 농~~담. 바~~쁜~~ 거~~ 아~~니~~까~~~ 신~~경~~ 쓰~~지~~ 마~~. 하~~하~~~, 하~~하~~~.》

한참 귀수산과 인사를 주고받는데.

"큭!"

"으윽!"

뒤에서 숨이 턱턱 막히는 신음이 들려왔다.

그러거나 말거나.

"그래도 죄송하네요. 바빠도 찾아뵈었어야 했는데."

《나~~~ 진, 진~~짜~~ 괜~~찮~~은~~데~~~.》

"오, 오야붕. 가, 가슴이 답답, 숨이 안 쉬어집니……."

다시 코우고의 목소리가 들려왔다.

코우고는 양손으로 목을 움켜잡은 채 몸을 부들부들 떨고 있었다.

"지랄한다, 지랄을 해요."

망치 박.

"뭐?"

그 말에 코우고가 눈썹을 역팔자로 만들며 망치 박을 향해 눈을 부라렸다.

"뭐?"

망치 박은 코웃음을 치며 대꾸했다.

"이 새끼가, 진짜. 죽고 잡냐? 앙?"

코우고는 망치 박 앞으로 성큼성큼 걸어가더니 다시 이마를 내밀었다.

"그러다 마빡 깨져봐야 정신을 차리지?"

"자! 자! 깨볼 수 있으면 깨."

둘이 으르렁거리자.

콰르르르르르르!

지진이라도 난 것처럼 동공이 우르르 떨렸다.

《싸, 싸~~우~~지~~ 마~~~. 싸~~우~~면~~~ 혼~~ 낼~~ 거~~야.》

"컥!"

귀수산의 말에 코우고가 갑자기 숨이 막힌 듯 호흡을 닫았다.

"아이, 씨. 숨도 제대로 못 쉬겠네! 말 똑바로 안 해? 어?"

코우고는 답답함에 아무 생각 없이 소리를 버럭 질렀다.

"어?"

그냥 말을 툭 내뱉기는 했는데, 상대가 누군지 깨닫자 코우고는 흠칫 몸을 떨었다. 정확히 누군지는 모르나, 박현이 상당히 예를 차리며 존대하고 있다는 사실을 그제야 깨달은 탓이었다.

"크크크크."

그런 그를 보고 망치 박이 낄낄 웃었다.

"너 좆 됐다."

"……?"

우르르르르르!

아니나 다를까, 공동이 더욱 크게 흔들렸다.

"하하, 하하. 잘못했……. 우와아아악!"

코우고의 몸이 한순간 바닥으로 파묻혔다.

"자, 잠깐! 아니 잠깐만요! 으아아아악!"

문제는 코우고뿐만이 아니었다.

"저는 왜!"

바투 서 있던 망치 박도 그 구덩이에 함께 빨려 들어갔다.

문제는 둘이 폭도 좁은 한 구덩이에 함께 몸이 담겼다는 것이었다. 마치 사랑하는 연인이 서로를 폭 끌어안은 것처럼.

"이건 아니잖아요! 야야! 이 썅! 얼굴 안 치워?"

소리를 지르던 망치 박은 뺨에 닿는 코우고의 얼굴에 소스라치며 소리를 버럭 질렀다.

"내가 하고 싶어서 그러냐? 야! 입 안 돌려? 구린내 나잖아!"

둘의 더욱 커진 티격태격에.

《아~~~. 음~~~~. 어~~~~~~~~.》

귀수산의 늘어진 소리가 길게 이어지는가 싶더니.

《웁~~~~~~~ 스~~~~~~~~.》

뻘쭘함을 털기 위한 농담이었을까?

웁스(oops)라니.

더욱 썰렁해진 분위기에 귀수산의 말이 다시 이어졌다.

《쏴~~~ 리~~~~.》

"……."

"하하!"

"……."

"허허!"

"……."

공동 내 분위기는 더욱 썰렁해졌다.

스륵~

그리고 귀수산이 자리를 피하는 소리가 들렸다.

"저, 저기! 귀수산님! 귀수산님!"

"아무리 그래도 이건 아니잖아요! 예?"

둘의 처절한 목소리가 공동 안을 가득 채웠다.

그리고.

쿵— 쿵!

공동 중앙에 붉은 기둥 2개가 떨어지며 전체적으로 붉은 일주문이 만들어졌다.

끼이익—

문이 열리며 칙칙한 검회색 안개가 흘러나왔다.

저벅 저벅—

"뭐가 이렇게 시끄럽나?"

안개 사이로 폐안이 모습을 드러냈다.

*용어

1) 정찰총국장: 조선인민군 총참모부 정찰총국, 한국 및 해외를 공작 활동을 총괄하는 기관으로 우리나라의 국가정보원과 국군정보사령부를 합친 것과 유사한 기관이다.

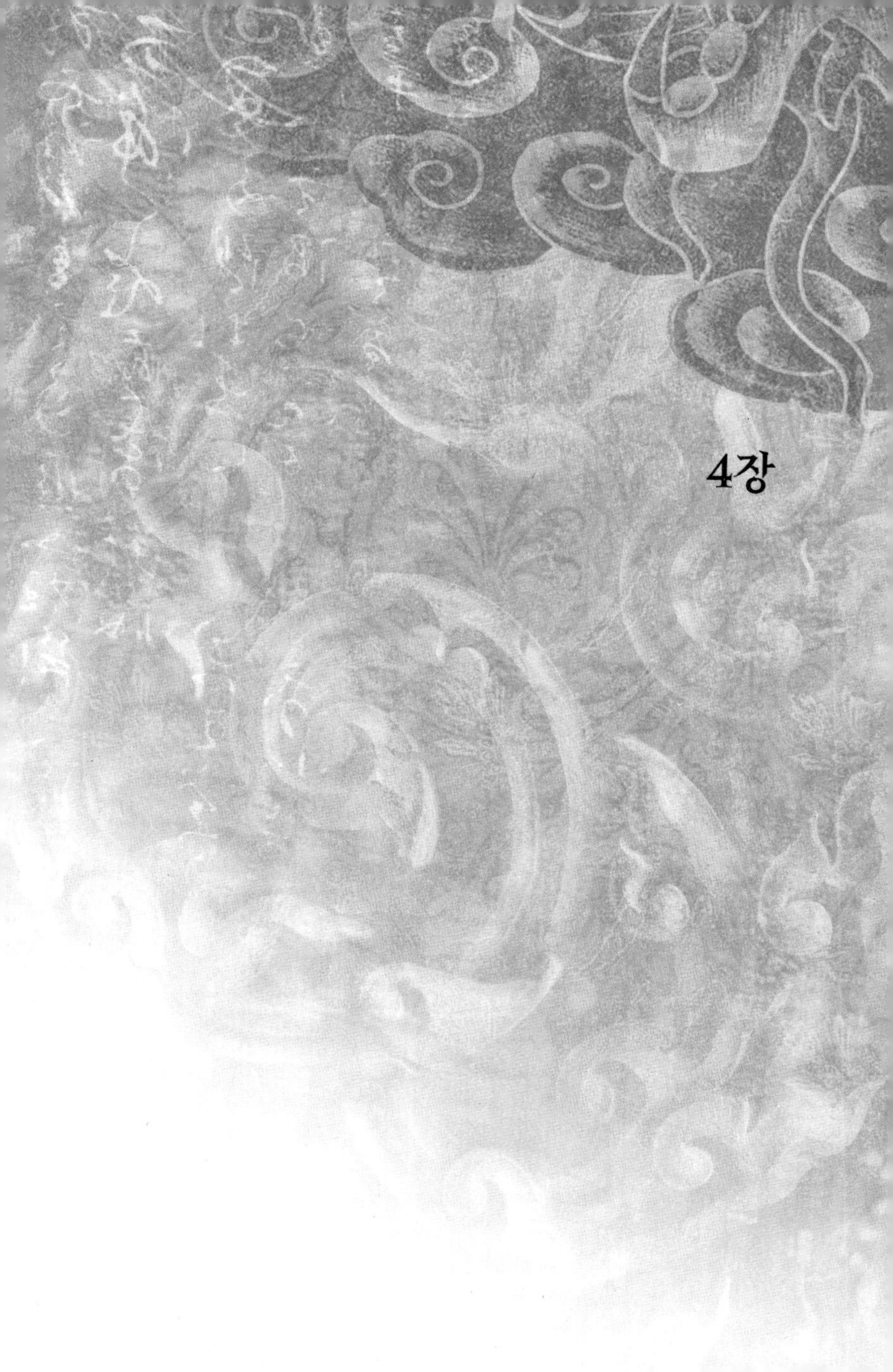

4장

"다들 오랜만이오."

페안은 공동에 자리한 이들과 인사를 나눴다.

"산아, 앉을 자리 좀 만들어라."

우드드득!

그 말에 바닥에서 반듯한 원기둥이 인원수에 맞게 솟아났다.

다들 자리를 잡고 앉았다.

"아무래도 일본 내에서는 풍신과 뇌신, 그리고 키츠네의 눈과 귀가 있어 이곳으로 모셨습니다."

"흥! 키츠네 그년의 눈과 귀는 제가 막아버리죠."

고미호가 이를 빠드득 갈았다.

"일단 대략적인 이야기는 들었소."

"그렇다면 바로 본론으로 들어가면 되겠군요."

폐안은 고개를 끄덕이며 손가락을 튕겼다.

쿵쿵쿵쿵쿵쿵—

폐안 뒤로 붉은 일주문 네 개가 내려꽂혔다.

폐안이 모습을 드러낸 일주문과 흡사하지만, 크기가 좀 더 작고 특유의 위압감은 없었다.

"왼쪽 옥문(獄門)은 응 장로와 고 장로께서 들면 됩니다."

"……?"

"어디로 향하는 옥문인가요?"

"야마구치구미의 산하 조직의 간부가 기다릴 겁니다."

"야마구치구미라."

삼두일족응.

"이름만 남은 조직이죠. 어쨌든 조직의 이름을 넘겨준 후 그들은 은적할 겁니다."

삼두일족응과 고미호는 고개를 끄덕였다.

"그리고 자네들은. 오른쪽 문으로 가면 되네."

폐안은 꼴통 삼인방을 보며 말했다.

"고베 야마구치구미일세."

"그리고."

폐안은 비형랑을 쳐다보았다.

"그대들은 우리 조직일세."

"스미요시카이 말입니까?"

"걱정 마. 우리 쪽에서 부회장인 시사도 한 팔 거들 거야."

"시사면……."

"오키나와의 수호신."

비형랑은 고개를 끄덕였다.

"야마구치구미처럼 자신들의 조직을 데리고 독립을 선언한 뒤, 무차별적으로 세력을 확장할 예정이지."

"……!"

"그가 적당히 당신들의 존재를 가려줄 거다."

그 말에 다들 고개를 끄덕였다.

"그나저나, 조직 넷을 준비해 달라 해서 준비했는데……."

폐안은 그슨대 별초장을 일견한 뒤 박현을 쳐다보았다.

"니미카와카미의 산하 단체로 움직일 겁니다."

"그렇군."

폐안은 고개를 끄덕이며 품에서 청동으로 만들어진 네 개의 패(牌)를 꺼냈다.

"옥패요."

폐안은 그 패를 나눠주었다.

"패를 두들기면 옥문이 열릴 것입니다."
"옥문이라."
"암전으로 드나드는 패이니 요긴하게 쓸 수 있을 거요."
"고맙소이다."
"그리고 옥문 앞에 옥지기가 있소. 그에게 말하면 이곳으로 넘어올 수 있을게요."
삼두일족응, 고미호, 이승환, 그리고 비형랑은 각자 옥패를 살핀 후 품에 넣었다.
"그럼 건투를 비오."
폐안은 자리에서 일어났다.

* * *

귀수산 내 어느 자그만 거실.
박현과 폐안이 자리를 옮겨 함께하고 있었다.
"북성을 끌어올 줄 몰랐다."
"정확히 북성은 아니죠."
"그렇기는 하지. 그나저나 조직 몇 개를 더 만들어달라고?"
폐안이 박현을 마주한 이유가 바로 이거였다.
"몇 개 정도나 더 구할 수 있겠습니까?"

"끄응."

폐안이 앓는 소리를 삼켰다.

"남은 패는 두 개가 끝이야."

"둘이라."

박현은 팔짱을 끼며 고심했다.

"고베야마구치에 하나, 이나가와카이[稲川會]에 하나. 더는 힘들어."

상대 조직에서 하부 조직을 회유한다는 게 쉬운 일이 아니었다.

"이나가와카이라. 그건 마음에 드네요."

그걸 알기에 박현도 더는 무리하게 부탁하지 않았다.

"필요한 조직은 나미카와카이를 키워서 해결해야겠군요."

"북성을 모두 데려올 참이냐?"

"북성만이겠습니까?"

"……?"

"검계도 데려올 참입니다."

"검계까지?"

폐안의 물음에 박현이 고개를 끄덕였다.

"생각보다 맺힌 게 많은 모양이더군요."

"하긴. 오랜 시간 그 수모를 당했었는데."

페안은 고개를 끄덕였다.

"하지만 괜찮을까?"

"그리 걱정하지 않으셔도 됩니다."

"……?"

"그리고 당장은 아닙니다. 출신을 신경 쓰지 못할 정도로 혼란이 극에 달했을 때, 그때 부를 참입니다."

"꼭 그리 복잡하게 가야겠냐? 지금이라도 너와 형제들이면……."

페안의 말에 박현이 고개를 저었다.

"풍신과 뇌신만이라면 그리해도 됩니다만."

"흠."

"반드시 풍신과 뇌신의 죽음을 혼란으로 덮어야 합니다."

"복잡하다."

페안이 고개를 저었다.

"복잡하더라도 그리 해야 합니다."

박현의 확고한 말에 페안도 고개를 끄덕일 수밖에 없었다.

"혼란이 외부로 표출되면 안 됩니다. 오로지 일본 안에서만 이뤄져야지요."

"흠."

"그리해야 중국의 오룡이 방심합니다."

그 말에 폐안이 고개를 끄덕였다.
“그 순간.”
박현의 말에 폐안과 초도의 눈이 반짝였다.
“모든 힘을 취합해, 홍콩을 칠 겁니다.”
“홍콩이라.”
“오룡의 턱밑에 칼을 겨누는 거지요.”
“그건 좋군. 알았다. 적자가 그리하자는데 그리해야지.”
폐안이 고개를 끄덕였다.
“최대한 혼란스럽게 만드마.”
그 말에 박현이 고개를 저었다.
“혼란만으로는 부족합니다.”
“그럼?”
“지옥도가 펼쳐져야 합니다. 그래야, 북성과 검계가 마음껏 활개를 칠 수 있으니 말입니다.”
“지옥도라. 피가 많이 흐르겠구나.”
“흘러야지요.”
박현의 눈은 냉혹하게 바뀌었다.

*　　*　　*

며칠 후.

산 중턱 한적한 일본 전통 가옥.

고즈넉한 풍광을 즐기는 초로의 노인이 있었다.

그는 이나가와카이[稲川會]의 오야붕이자 텐구들의 왕, 다이텐구[大天狗][1]였다.

잿빛 승려복을 입은 다이텐구는 새하얀 수염을 쓰다듬은 뒤 찻잔으로 손을 가져갔다.

말차로 여운을 즐길 때였다.

다다다다닥!

다급한 발걸음 소리가 그의 귀를 괴롭혔다.

"다, 다이텐구!"

자그만 사내가 헐레벌떡 뛰어왔다.

"무슨 일인데, 이리 경박하게 뛰는 것이냐?"

"크, 큰일이 났사옵니다."

갓파[2]의 표정은 잔뜩 굳어 있었다.

"……?"

그 모습에 다이텐구는 인상을 찌푸리며 찻잔을 내려놓았다.

"구힌[3]구미(狗賓組)가 습격을 당했습니다."

"어느 누가!"

그 말에 다이텐구의 목소리가 높아졌다.

"그건 아직 저도……."

"콧파! 콧파게 있느냐?"

다이텐구가 목소리를 높였다.

"코노하텐구[木の葉天狗][4]께서는 지금 급히 구힌구미로 향했습니다."

"감히 어떤 놈들이!"

다이텐구가 살기가 사방으로 뻗치자.

파르르르—

숲의 풀들이 떨었고.

까악— 까악— 까악—

살기에 놀란 까마귀가 하늘로 날아올라 도망쳤다.

그리고.

야마구치구미.

"분명 시노비라 했나?"

구미초 키오가 분노하고 있었다.

"하이!"

그의 앞에 앉아있는 새로운 붉은 오니의 두목이자, 새로이 부회장직에 오른 아카이오토코[赤男]가 허리를 숙이며 대답했다.

"더는 참을 수 없습니다, 오야붕!"

파란[靑] 오니를 대표하는 부회장 쿠요시가 이를 갈며 말했다.

"이면을 떠난 사노비마저 불렀어요."

총사제 카이가이메.

"이게 무얼 뜻하겠습니까?"

카이가이메는 키오를 지그시 바라보았다.

"결국 우리를 집어삼키겠다는 뜻이에요."

"오냐! 네놈들이 전쟁을 원한다면 해줘야지!"

키오는 무시무시한 살기를 내뿜었다.

"아카이오토코!"

"하이!"

"너는 지금 당장 사노비들을 척살하라!"

"모조리 말씀이십니까?"

"그래! 내각정보조사실부터 쳐!"

"……, 하이!"

순간 멈칫했지만, 아카이오토코는 바닥에 머리를 찧으며 우렁찬 목소리로 대답했다.

이어 키오는 쿠요시를 쳐다보았다.

"너는 당장 이시다 쇼로쿠를 쳐라!"

"하이!"

"카이가이메."

"말씀하시게."

"자네는 마카타와 음양사들을 맡아주시게."
"대음양사 말인가?"
"다른 놈들은 몰라도 마카타, 그놈만은 반드시 죽여."
"알겠네. 그리하지."
카이가이메는 고개를 끄덕였다.
"키츠네, 그년은?"
"그 여우 년은 내가 맡지. 길길이 찢어발길 것이야!"
키오의 몸에서 살기가 짙어졌다.

*　*　*

그리고 박현.
그는 홀로 도쿄 밤거리에 서 있었다.
"별초장. 준비해."
중얼거리듯 명을 내린 박현은 검은 모자를 깊게 눌러썼다.

피의 축제를 여는 서막을 위해.
여기, 도쿄 긴자 거리에 피를 뿌린다.

검은 모자 아래 박현의 눈빛은 차갑게 빛나고 있었다.

*　*　*

도쿄의 중심.

불 꺼지지 않는 불야성, 그리고 그 화려함.

긴자 거리.

어둠을 밝히는 네온사인 아래 수많은 사람들이 때로는 느긋하게, 때로는 바삐 스쳐 지나가고 있었다.

긴자거리 중심 사거리, 대형 전광판에 뉴스가 흘러나오고 있었다.

길거리라 아나운서의 목소리는 없었지만, 그의 표정과 자막으로 그가 무얼 말하는지 알 수 있었다.

항쟁(抗爭)!, 아니 전쟁(戰爭)이다.

무엇이 이들을 전쟁으로 이끌었나!

아나운서와 패널들이 심각한 표정으로 이야기를 나누고 있었다.

심층취재!

폭력단, 이대로 괜찮은가?

그런 그들의 아래로 또 다른 자막이 흘러나왔다.

TV 화면에 야쿠자 사무실에서 폭탄이 터지는 장면이 몇 차례 반복되었고, 그 뒤로 과거 자료 화면인 듯한 몇몇 장면들이 흘러나왔다.

화면에는 모자이크 처리가 되어 있었지만 선혈이 낭자했다.

잠시 후, 스튜디오로 화면이 전환.

다시 시끄러워진 패널들.

그때였다.

화면 가득 자막이 떴다.

긴급속보!

고베야마구치구미 부회장 피격!

왜 야마구치구미는 고베야마구치구미의 부회장을 습격했나?

야마구치구미의 보복인가?

결국 두 폭력단 충돌이 발발하나!

불안을 자극하는 거친 글자가 튀어나오더니 빠르게 화면이 전환되었다.

“쯧쯧, 사회에 도움도 안 되는 쓰레기 같은 놈들. 죽어버렷!”

못마땅한 듯 혀를 차며 욕을 내뱉는 소리에 박현이 고개를 옆으로 돌렸다.

샐러리맨 특유의 양복을 입은 중년 사내였다.

피곤함에 찌든 듯 넥타이를 헐렁하게 푼 그는 박현과 눈이 마주치자 움찔거렸다.

“뭐, 뭘 봐?”

검은 모자 아래 차갑게 가라앉은 눈빛에 겁을 먹은 듯 사내는 뒷걸음치며 소리쳤다.

아니 소리를 치려 했다.

표정은 분명 소리를 치는데 흘러나오는 목소리는 귀를 쫑긋 세우지 않고서는 잘 들리지 않을 정도로 웅얼웅얼거렸다.

“너 같은 놈들은 그, 그냥 죽는 게……,”

박현이 피식 웃음을 삼키며 다시 고개를 전광판 뉴스로 돌리는데 중얼거리는 듯한 다시 말이 들려왔다.

그 목소리에 박현은 다시 그 중년 사내를 지그시 쳐다보았다.

“히익! 죽어버려랏!”

흠칫한 중년 사내의 얼굴은 급격히 허옇게 사색이 되었다. 이내 그는 나름 말에 저주를 담아 내뱉고는 헐레벌떡 인파들 사이로 사라졌다.

"왜 저런답니까?"

박현 곁으로 별초장이 모습을 드러내며 물었다.

"사회가 힘든 탓이겠지."

박현은 다시 고개를 돌려 신호등을 기다리는 인파들을 쳐다보았다.

"참으로 재미난 나라야."

심각한 일이 뉴스에서 흘러나오는데, 마치 남의 일인 양 아니 남의 나라 이야기인 양 다수의 군중들은 뉴스에 귀를 기울이지 않았다.

"그치?"

"……."

별초장은 담담히 곁에 서서 딱히 별다른 의견을 말하지 않았다.

《차량 들어섭니다.》

그슨대의 전음.

《진로 방해해.》

《명!》

별초장의 명에.

박현이 서 있던 사거리 횡단보도 앞에서 웬 소형차가 교묘하게 차선을 바꾸며 검은 세단을 막아섰다.

빵빵—

검은 세단에서 경적 소리가 울렸지만, 소형차는 그 마음도 모른 채 꿀렁꿀렁이다가 시동이 꺼졌다.

부릉— 쿵!

재차 시동이 걸렸지만 소형차는 다시 시동이 꺼지고 말았다.

그러는 동안 파란 불은 붉게 바뀌었다.

그리고 비워진 횡단보도에 사람들로 가득 차기 시작했다.

"다들 잘 보이게 달았지?"

박현은 주머니에서 야마구치구미의 배지를 꺼내 가슴에 달았다.

"예."

작전명, 야마구치구미의 광기.

"시작해볼까?"

별초장의 대답에 박현이 목을 우드득 틀며 횡단보도로 발을 내디뎠다.

박현은 소형차를 지나 그 뒤에 서 있는 검은 세단 옆으로 걸어가 섰다.

쾅— 파장창창창!

박현은 주먹으로 유리창을 깨트렸다.

"누, 누구냐!"

박현은 수류탄을 꺼내 안전핀을 뽑았다.

"키오 오야붕께서 보내셨다. 선물 보낸 게 네놈들이지?"

"무슨 소리!"

"선물 잘 받았다고 답례를 전하라 하셨다."

박현은 수류탄을 꺼내 안전핀을 뽑았다.

"이 새끼 지금 무슨 소리를 지껄이……."

"지옥으로 꺼져라!"

툭—

박현은 수류탄을 던진 후 바닥으로 바싹 엎드렸다.

파장창창— 콰과광!

수류탄이 터지고, 차량의 유리창은 모두 산산이 깨지며 검은 세단은 허공으로 크게 들썩였다.

"꺄아아악!"

"테, 테러다!"

"야쿠자들의 항쟁이다!"

"사, 사람 살려!"

긴자거리의 중심, 사거리는 단숨에 아수라장으로 바뀌었다.

그리고 폭발이 일자마자 검은 세단을 뒤따르던 하얀 승합차에서 수 명의 사내들이 우르르 내려섰다.

"오, 오야붕!"

"저, 저 새끼. 잡아!"

간부로 보이는 자 중 하나는 수류탄에 터져 그을린 세단으로 달려갔고, 다른 이는 박현을 손가락으로 가리키며 소리쳤다.

부아아앙—

그때 모터바이크 서너 대가 달려왔다.

두두두두두두!

뒤에 타고 있던 이가 경기관총을 두툼한 외투에서 꺼내더니 승합차에서 내린 이들을 향해 총을 마구 갈겼다.

파파박! 파박!

총알은 야쿠자들을 무참히 찢어발기는 것도 모자라 도로를 파헤치고, 주변 건물을 무참히 짓이겼다.

"끄아아악!"

"으아악!"

야쿠자들은 총알 세례에 피를 흩뿌리며 바닥으로 쓰러졌다.

부아아아앙—

수 명의 사내들이 아스팔트를 피로 적신 뒤 죽자, 모터바이크를 탄 2인 1조의 텟포다마, 그슨대들은 곧바로 어둠 속으로 사라졌다.

"우리도 가자."

박현이 몸을 일으켜 세웠다.

"아직 목숨이……."

별초장의 다가와 속삭였다.

그 말에 박현은 시커멓게 탄 세단 안을 흘깃 쳐다보았다.

숨결이 느껴지지 않았지만, 박현은 느낄 수 있었다.

세단에 탄 네 명의 야쿠자 중, 운전석 한 명을 제외한 셋은 살아 있음을.

《살아 있어야, 피바람이 더욱 세어질 것이 아니냐.》

박현은 검은 세단의 안을 한 번 일견하며 인파들 사이로 모습을 감췄다.

박현이 사라지고.

쾅!

반쯤 반파된 세단의 문짝이 터지듯 떨어져 나갔다.

"크르르르."

수류탄 폭발의 여파에 피투성이가 된 사내가 잠시 휘청이고는 세단에서 나오며 낮은 울음을 토해냈다.

"키오. 엄한데 화풀이를 하는 거야! 미친 새끼!"

이나가와카이의 팔(八)대 텐구 중 하나인 카라스텐구[烏天狗][5]는 몸을 부르르 떨었다.

*　　*　　*

불그스름한 얼굴이 더욱 붉어졌고, 고고한 학처럼 뻗은 하얀 수염이 파르르 떨렸다.

수도승처럼 평안함을 추구하던 다이텐구는 온몸으로 분노를 표출하고 있었다.

"참인가?"

다이텐구는 카라스텐구를 쳐다보며 물었다.

"제가 거짓을 고할 일은 없지요."

카라스텐구는 이를 빠드득 갈며 답했다.

"콧파."

"예, 다이텐구!"

곁을 보좌하고 있던 코노하텐구, 일명 콧파가 대답했다.

"구힌을 습격한 놈들이 스미요시카이라고 하지 않았나?"

"정황이 그들을 가리키고 있사옵니다."

"스미요시카이에, 야마구치구미? 이게 어찌 된 일이야?"

다이텐구는 겨우 화를 억누르며 물었다.

"그것이……."

"야마구치구미는 지금 배신하고 떨어져 나간 무리하고 전쟁 중 아니었어?"

"그렇습니다."

"그런데 그놈들이 왜 우리를 치는 거지?"

"자신들에게 선물을 보낸 게 우리라고……."

"그게 가당한 소리인가?"

당연히 아니다.

아무리 생각해도 둘이 동시에 짝짜꿍하고 자신들을 칠 이유가 없었다.

아니면 둘이 짝짜꿍을 했거나.

그러한 심경이 들자 다이텐구의 표정이 굳어졌다.

"소녀가 감히 한 말 올려도 되겠습니까?"

아니가와카이의 팔좌(八座) 중 일좌를 차지한 온나텐구[女天狗][6]가 입을 열었다.

"말해보게."

"이게 다 우리를 우습게 여겨서 그런 게 아니겠습니까?"

"흠!"

"우리 텐구들은 각자 일가를 합쳐 이나가와카이란 이름 아래 연합했습니다. 예부터 지금까지 우리는 여전히 팔가(八家)이옵니다."

여덟 텐구.

그리고 여덟 일가(一家).

이게 이나가와카이를 이루는 핵심이자, 전부였다.

"야마구치구미의 키오가 미쳤는지 아닌지, 스미요시카이의 시사가 이때다 싶어 우리를 집어삼키려는지, 아니면 이제 와 과거의 은원을 갚으려는지…… 모릅니다. 하지만 단 하나는 알겠습니다."

"우리가 우스운 게로군?"

"예."

온나텐구는 다이텐구의 말에 고개를 끄덕였다.

"그렇지 않고서야."

"……."

"오랜 시간 우리는 너무나도 조용히 있었습니다."

"조용히라……."

"진정한 텐구의 무서움을 보여줘야 할 때라 생각됩니다."

온나텐구는 그 말을 끝으로 입을 닫았다.

"자네들은 어찌 생각하나?"

"다른 것은 모르나, 본보기는 필요해 보입니다."

구힌.

성처 입은 그가 으르렁 이빨을 드러냈다.

"어느 곳부터 손을 델까?"

"굳이 나눌 필요가 있겠습니까?"

카라스텐구가 히죽 이를 드러냈다.

"우리 하늘의 일족입니다. 풍신과 뇌산도 감히 함부로 대하지 못하는……."

그 자신감에 다이텐구의 입가에도 서늘한 웃음이 맺혔다.

"이 기회에 보여주지요. 우리 텐구가 그저 힘이 없어 은거한 것이 아니라는 것을."

쿵!

그 말에 다이텐구가 주먹으로 바닥을 찧었다.

"좋아!"

다이텐구는 일곱 텐구들을 쳐다보았다.

"은거를 깬다."

"카이쵸!"

"다이텐구!"

"세상에 잊혀진 우리의 힘을 보여준다. 그리고 당한 것 이상으로 갚아준다. 텐구의 이름으로."

다이텐구의 높아진 목소리에.

"하이!"

"하이!"

일곱 텐구들은 일제히 답했다.

*용어

1) 다이텐구[大天狗]: 텐구들 중 가장 신력이 높다. 다이텐구는 수행자의 복장에 게다를 신으며, 깃털부채를 가지고 다닌다고 한다.

2) 갓파: 갓파(河童) 또는 가와타로(川太郎) 또는 가와코(川子)라 불리는 이 요괴는 일본을 대표하는 3대(오니, 텐구, 갓파) 요괴 중 하나이다. 물에서 사는 갓파는 몸집이 작으며, 외형은 거북이 등딱지를 가진 원숭이나 개구리로 그려지나 지역마다 묘사의 차이가 있다.

3) 구힌: 구힌(狗賓), 텐구 중 하나로, 이리의 모습에 개의 입을 가졌다 한다.

4) 코노하텐구[木の葉天狗]: 콧파텐구라고도 불리는 코노하텐구는 다이텐구의 직속 수하로, 새의 모습을 가지고 있다.

5) 카라스텐구[烏天狗]: 텐구 중 하나로, 새의 형상을 하고 있으며, 반인반수의 모습으로 그려지는가 하면, 완전히 독수리 형상을 하고 있는 모습도 전해진다. 검을 아주 잘 다루며, 성격은 매우 간악하다 한다.

6) 온나텐구[女天狗]: 교만한 비구니(여승려)가 텐구도에 떨어져 텐구로 변한다 한다. 외형은 카라스텐구와 비슷하나, 삭발한 머리에 승복을 입고 있어 여승의 모습을 유지하면서도, 때로는 검은 이에 흰 분을 발라 사내를 꾀기도 한다. 법력 또한 상당해서, 온전한 인간의 모습으로 둔갑할 수 있다 한다. 온나텐구는 교만한 인물들을 꾀어 텐구로 만든다고 한다.

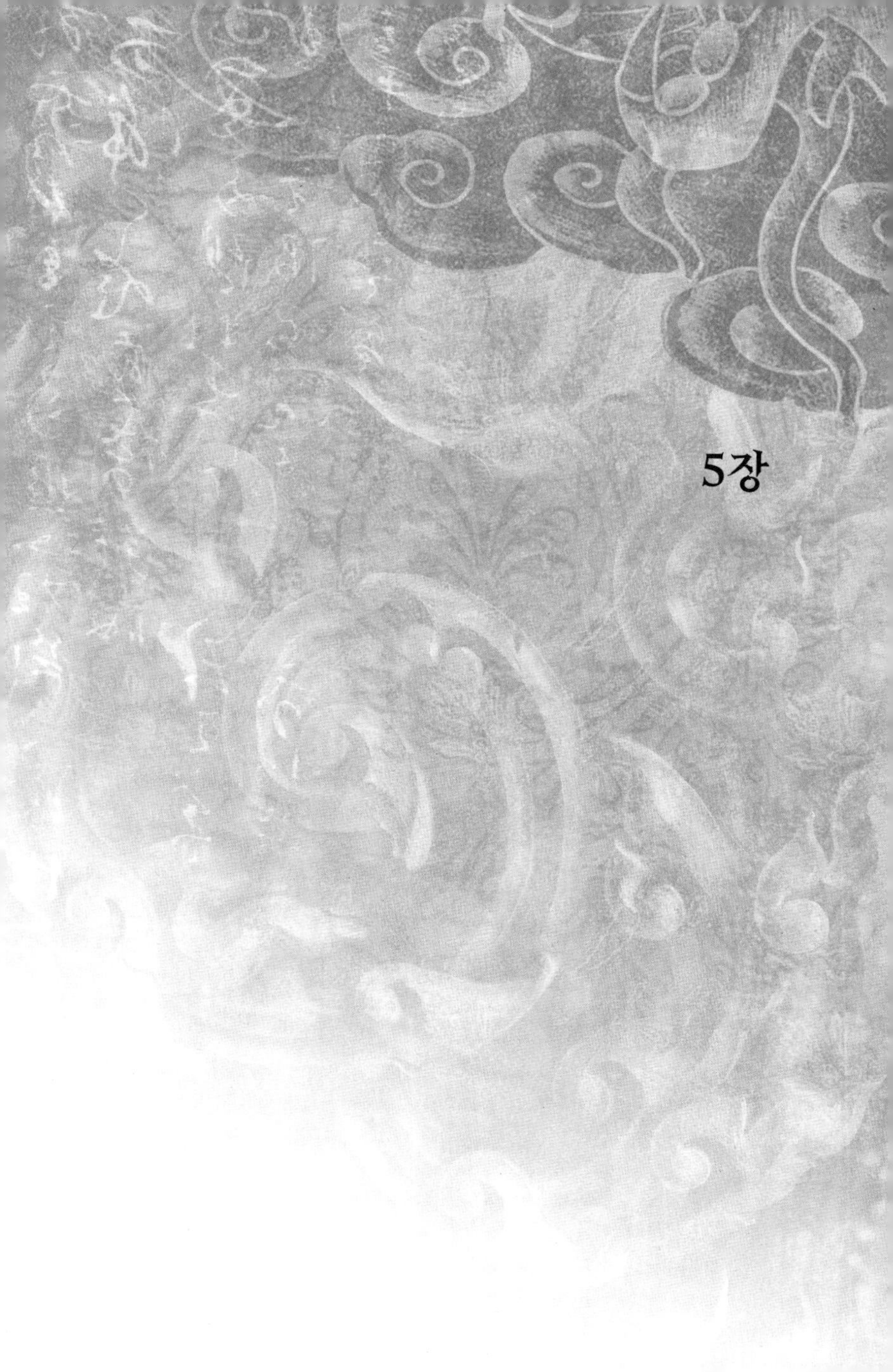

5장

쾅!

책상 상판이 우악스러운 주먹질에 파르르 요동쳤다.

"너, 지금 무슨 짓을 저지르고 다니는 거야?"

일본 총리, 카베는 손가락으로 내각정보조사실 내각정보관 오쓰지 히데히사를 마구 손가락질해댔다.

"총리대신."

그 앞에 앉아있던 히데히사는 별다른 표정 변화 없이 카베를 지그시 바라보며 입을 열었다.

"너 이……."

"이건 이면의 전쟁입니다."

히데히사는 카베의 욕에도 침착함을 유지했다.

"그러니까! 그러니까 하는 소리잖아!"

카베는 여느 때처럼 무심한 히데히사의 눈매 안에 서슬 퍼런 냉기가 들어참을 몰랐다.

"이 지경이 될 때까지 뭐했냔 말이야!"

카베는 책상에 올려진 신문을 마구잡이로 들어 흔들었다.

야쿠자들의 항쟁.

비단 야마구치구미와 고베야마구치만의 항쟁이 아니었다.

무엇이 잠자는 호랑이인 스미요시카이(住吉会)와 이나가와카이(稲川會)를 깨웠나?

안전제일주의 사회 일본!

신화가 무너지다!

야쿠자들의 집단 항쟁, 이대로 괜찮나?

히데히사는 신문들의 일면 문구들을 대충 눈으로 훑었다.

"이걸 보고도……."

키베의 노성이 다시 튀어나왔지만, 히데히사는 손으로 신문을 쓸어내려 바닥으로 떨어뜨렸다.

"지금 뭐하는 짓이야?"

고베의 고성이 다시 튀어나오자, 히데히사의 몸에서 은은한 살기가 흘러나왔다.

"큽!"

살기는 곧장 코베의 몸을 휘감았다.

"총리대신."

"너, 너!"

"이건 이면의 전쟁이라 말씀을 드렸었습니다."

"그, 그러니까 너, 너희들이……."

"……."

이면의 존재이나 이면이 아닌 자들.

닌자라 더 잘 알려진 시노비, 바로 그들이었다.

"서, 설마."

히데히사의 무심한 눈.

하지만 그 안에서 활활 타오르는 욕망을 본 카베는 눈을 화등잔처럼 크게 떴다.

"천년의 숙원을 위해 우리 시노비의 다섯 가문들은 이 전쟁에 참여하기로 했습니다."

"히, 히데히사! 아니 내각정보관!"

키베의 말에 히데히사는 자리에서 일어나 양복 안주머니에서 하얀 봉투를 꺼내 그의 책상에 올려놓았다.

사직서.

"이, 이봐!"

카베는 사직서를 보자 당황해서 그를 불렀다.

"언제나처럼 혼란은 머지않아 끝날 겁니다."

"하지만 지금은 과거와 달라!"

"다를 건 없습니다. 이면은 언제나 이면이니……."

"히데히사!"

카베도 급히 자리에서 일어나 그를 불렀다.

히데히사가 허리를 깊게 숙여 마지막 인사를 건넬 때였다.

끼익—

총리실 문이 열리며 젊은 사내가 급히 안으로 들어왔다.

내각정보조사실 요원.

즉, 시노비였다.

"무슨 일인가?"

"국내1부의 다수 팀이 습격을 당했습니다."

"1부?"

"하이, 정보관."

"야마구치구미인가?"

"하이!"

"결국 반격이 들어온 것이로군. 신노비들은?"

"일단 안가(安家)로 피신시켰습니다."

"각 가문의 가주들에게 인편을 넣어라. 회합을 열겠노라고."

"이미 모여, 정보관을 기다리고 있습니다."

히데히사는 고개를 끄덕이며 총리실을 나섰다.

"히데히사! 이대로 떠나면 어쩌자는 건가! 히데히사!"

당황하는 카베의 말이 뒤에서 들렸지만, 총리실 문은 다시 굳게 닫혔다.

"하아—."

카베는 의자에 털썩 주저앉으며 머리를 쥐어 감쌌다.

콰당!

"초, 총리대신. 이게 무슨 일입니까?"

관방장관이 헐레벌떡 안으로 뛰어 들어왔다.

내각정보조사실은 과거 관방조사실로 시작했던 만큼, 지금은 독립해 총리 직속 기관이 되었다고는 하지만 여전히 긴밀한 관계를 유지하고 있었다.

"……?"

카베가 멍하니 관방장관을 올려다보자.

"내각정보조사실 요원들이 모두 짐을 싸고 있습니다."

"……."

"총리대신! 정신 차리셔야 합니다. 그냥 두었다가는 내각정보조사실이 와해됩니다."

"이미 와해가 되었네."

"그, 그게 무슨!"

카베는 바닥에 널브러져 있는 신문 하나를 들어 관방장관 앞에 툭 던졌다.

"……?"

"요원들이 과거의 이름을 찾겠다 하네."

"네? 과거 이름이라면……, 설마!"

"그래. 시노비. 이면의 전쟁에 끼어들었어."

쿵!

마치 머릿속에 울린 소리가 이러할까, 관방장관은 휘청이듯 몸을 떨었다.

"어, 어찌!"

야쿠자들의 항쟁.

아니 이면의 싸움을 조율해야 할 내각정보조사실, 즉 시노비들이 일제히 이면의 싸움에 끼어들었다?

이건 나라 안에 폭탄이 떨어진 것이나 다름없었다.

"서, 설마?"

"혹시 아는 거라도 있나?"

"관방부 직원의 추측으로는 시노비들의 주홍글씨 때문이 아닐까 한다는."

그들을 따라다니는 주홍글씨.

초대 가주들의 무구이자, 복종의 상징.

"그게 지금 고베 야마구치구미에게 있지?"

"그, 그렇습니다."

"끄응!"

이제야 왜 시노비들이 다시 이면으로 들어갔는지, 왜 이 전쟁에 끼어들었는지 짐작할 수 있었다.

"다, 당장 황거(皇居, 일왕궁)로 가셔야 합니다."

"황거?"

"풍신과 뇌신이 나서야만 이 전쟁이 끝납니다."

"끄응!"

그 말에 카베는 앓는 소리를 삼켜야 했다.

"겨우 그들을 역사 뒤로 밀어냈건만."

"하지만."

"알아. 중재를 요청해 줄 수밖에."

카베는 힘없이 자리에서 일어났다.

그가 자리를 뜨고.

"어찌 되었습니까?"

"아—, 자넨가?"

"……."

"자네 짐작이 맞았어."

관방장관은 얼굴을 굳히며 말했다.

"총리대신이 황거로 향했으니, 어찌어찌 수습이 될 거네."

"다행이군요."

"그나마 자네 덕분에 최악은 면하게 되지 않을까 싶어. 수고했어."

관방장관은 직언을 올린 수하 직원의 어깨를 두들겼다.

"자네 이름이 뭐라고 했지?"

"사카구치 코로입니다."

"내 그 이름 기억하지."

"가, 감사합니다."

사카구치 코로라는 이는 황망한 표정을 지으며 허리를 깊게 숙였다.

"골치 아프군. 쯧."

관방장관이 자리를 뜨자, 다시 허리를 펴는 사카구치 코로의 표정은 한없이 차가웠다.

그는 폰을 꺼내 어디론가 문자를 보냈다.

카베가 일왕궁으로 향했습니다.

틱—

스미요시카이, 류오코 즉 폐안의 보좌인 아이누카이세이가 문자를 확인했다.

"오야붕."

"……?"

"총리가 일왕궁으로 향했다 합니다."

간자(間者).

아이누는 역사적으로 완전히 사라졌다.

흔적은 남아 있으나 완벽하게 일본에 편입되었다는 말이기도 하다.

또한 일본은 양자와 데릴사위 등 가문과 성(姓)에서 대해서도 자유롭다.

하물며 대부분의 일본인들은 증조(曾祖) 이상만 넘어가면 그 흔적을 찾기 어려울 정도라 하니.

아이누의 집념은 슬픈 단점을 장점으로 승화시켰다.

일본 어느 곳에 스며들어도 티가 나지 않게 되었으니까.

"풍신과 뇌신을 만나겠군."

"그렇지 않고서야, 일왕궁으로 향할 일이 없지요."

"이걸로, 적자께서 생각하신 퍼즐은 다 맞춰진 것인가?"

폐안은 녹차가 든 찻잔을 손안에서 빙빙 돌렸다.

"정확히는 풍신과 뇌신이 은거를 깨고 나서야 퍼즐이 완성됩니다."

"알아. 그런데, 카이세이."

"하이."

"과연 풍신과 뇌신이 은거를 유지할까?"

폐안이 씨익 웃자, 아이누카이세이도 그 웃음을 따라 웃었다.

"아니겠지요."

폐안은 빈 찻잔에 녹차를 따라 아이누카이세이에게 주었다.

"아이누의 독립을 위해."

"오키나와도 있습니다."

"그래. 아이누와 오키나와의 독립을 위해."

"오야붕의 복수를 위해."

"건배."

"간빠이."

챙— 두 개의 찻잔이 맑은 소리를 만들어냈다.

* * *

TV에서는 온갖 예능 버라이어티쇼가 흘러나오고 있었다.

며칠 전부터 모든 프로그램에서 떠들던 야쿠자들의 싸움이 마치 거짓말이었던 것처럼, 한순간에 종적을 감췄다. 그리고 그 자리를 차지한 건 자극적인 쇼였다.

야쿠자들의 싸움이 서서히 극에 달하고 있건만.

"언제 봐도 이상한 나라야."

"외부적으로 민주주의를 표방해도, 여전히 신들이 지배하는 나라니까요."

박현은 피식 웃음을 터트렸다.

"이래서는 그들만의 리그가 되겠어."

박현은 웃음기를 지웠다.

"좀 더 불씨를 키워야겠군."

"어쩌시려는지."

"페안 형님께 받아놓은 대전차로켓포 있지?"

"예."

"사무실이며 차며 조직 가리지 말고 몇 발씩 쏴."

"그러면 무고한 이들이 다칩니다."

"그래서?"

"……?"

"그들은 내 땅에 살아가는 이들도 아니지."

박현의 차가운 말에 별초장의 얼굴이 잠시 굳어졌다.

"그들의 싸움을 세상에 다시 끄집어내려면 어쩔 수 없어."

"알겠습니다."

별초장은 잠시 갈등 어린 표정을 지었지만, 이내 고개를 끄덕였다.

"그나저나 야마구치구미는 어때?"

"저력이 상당합니다. 이나가와카이까지 항쟁에 끼어들었지만, 여전히 굳건합니다."

"그러면 곤란한데."

박현은 미간을 찌푸렸다.

"좋아, 별초장."

"예."

"방법을 바꾸자."

"……?"

"로켓포로 야마구치구미만 노려."

"야마구치구미만 말입니까?"

"그래."

"하오면."

"야마구치구미의 실질적인 2인자가 쿠요시란 파란 오니였지? 그 틈에 본인이 그를 직접 죽여야겠어."

박현의 눈매가 서늘하게 변했다.

"그 틈을 타, 모든 힘을 야마구치구미에 쏟는다."

"그 말씀은?"

"뇌신."

박현의 입에서 일본의 두 신 중 하나가 흘러나왔다.

*　　　*　　　*

뇌신.

그리고 풍신.

일본을 지배하는 두 신이다.

둘은 야마구치구미를 앞세워 일본을 지배해 왔다.

하지만 절대자의 자리라는 건 누군가와 함께할 수 있는 자리가 아니었다.

고대부터 지금까지 뇌신과 풍신은 때로는 함께, 때로는 반목을 하여 왔다.

그리고 지금은 다시 태양처럼 밝은 단 하나의 자리.

절대좌를 두고 반목을 하였다.

그로 인해 야마구치구미는 반으로 갈라져 야마구치구미와 고베 야마구치구미로 나뉘었다.

*　　　*　　　*

황거.

일반인들에게 공개되지 않은 내궁(內宮) 좌측에 푸른 기둥이 유달리 눈에 띄는 궁이 있었다.

뇌전궁(雷電宮).

살랑— 살랑— 살랑—

뇌신은 양옆에서 무녀 둘의 부채질에 시원한 바람을 쐬며 녹차를 한 모금 마셨다.

“키오.”

뇌신은 녹차를 내려놓으며 앞에 얕은 단 아래 오체투지한 키오를 내려다보았다.

“예. 주군.”

“밖이 제법 시끄러운 모양이야.”

밖이 시끄럽단다.

마치 자신은 아무것도 모른다는 듯, 남의 일인 양 말했다.

하지만 키오는 알고 있었다.

그는 저 자리에 앉아 천 리를 내다보듯 이미 모든 것을 보고 있고, 듣고 있음을.

“카베가 다녀갔어.”

“총리 말입니까?”

“여기 올 카베가 그치밖에 더 있나?”

그 말에 키오는 머리를 좀 더 바닥으로 내릴 뿐이었다.

"그가 그러더군. 내각정보조사실이 완전히 와해되었다고."

"……."

"그건 본신이 알 바가 아니지. 인간들의 징징거림은, 쯧."

뇌신은 미간을 찌푸리며 혀를 찼다.

"키오."

"예."

"이 기회에 고베 야마구치구미를 완전히 무너트려라."

"반드시 그리하겠습니다."

"네 말처럼 반드시 그리해야 해."

담담한 목소리였지만, 키오는 그 말에 몸을 파르르 떨었다.

"태양은 하나인 법, 언제까지나 2개일 수는 없으니. 안 그런가?"

"당연한 말씀이옵니다."

"키오."

뇌신은 키오를 은은한 목소리로 불렀다.

"하이!"

"이제는 편해지고 싶구나."

"최선을 다하겠습니다."

"최선만 다해서는 안 돼."

명백한 결과를 가져오라는 명령이자 경고.

"하, 하잇!"

키오는 힘을 쥐어짜내듯 대답했다.

"필요한 건 없나?"

"……그, 그것이."

키오는 선뜻 말을 내뱉지 못했다.

"없나 보군."

"……."

"아! 본신이 이 말을 하지 않았군."

"……?"

"이 일에 너의 목이 달려 있음이야."

"……!"

바닥에 엎드린 키오의 눈이 부릅떠졌다.

그리고 그의 몸이 순간 파르르 떨렸다.

"필요한 건?"

"이, 있습니다!"

키오는 다급히 입을 열었다.

"뭐가 우리 키오를 힘들게 하는지 한번 들어볼까?"

정말 궁금해하는 듯한 말투에 키오는 입술을 지그시 깨물었다.

이미 다 알면서, 자신의 입을 통해 들으려는 고약한 취미.

저 높은 하늘에 있으면서도 유일한 태양이 되지 못한 것이 그를 이렇게 만들지 않았을까, 하는 생각이 순간 키오의 머릿속에 떠올랐다가 사라졌다.

“이나가와카이(稻川會), 텐구들이 문제입니다.”

“귀찮은 날벌레들이지.”

말은 저리해도 뇌신도 그들을 쉬이 대하지 못함을 키오는 알고 있었다.

“어찌 그들이 세상에 다시 나왔을꼬?”

그 말에 키오는 입술을 지그시 깨물었다.

“그, 그것은…….”

“표면적으로는 야마구치구미가 이나가와카이를 습격했지? 아마?”

“그, 그렇습니다.”

“키오.”

“하, 하이!”

“네놈이 함부로 이나가와카이를 습격을 했을 리는 없고…….”

톡톡톡—

뇌신은 일부러 말꼬리를 길게 늘어트리며 손가락으로 팔

걸이를 두들겼다. 숨 막힐 듯한 분위기에 키오는 그저 겨우 겨우 마른침을 삼켜야 했다.

"역시 스미요시카이(住吉会)인가?"

툭—

고심이 깊어졌는지 손가락 두들김이 멈췄다.

"그들이라면 야마구치구미의 흉내를 낼 수 있겠지."

"그, 그렇습니다."

키오의 대답에 뇌신의 시선이 그를 향했다.

"그리고 시사가 독단적으로 이나가와카이를 공격했다지?"

"풍문에는 그렇습니다."

"그렇지. 풍문이지, 풍문. 시사가 류오코, 아니 폐안의 그늘에서 벗어날 놈도 아니고."

침묵.

그 시간이 제법 길어졌다.

그만큼 뇌신의 고민도 깊다는 증거리라.

"키오."

"하이!"

"고베 야마구치구미에게 집중해."

"이나가와카이는 어찌하옵니까?"

"조금 귀찮지만 일단 내버려 두고. 문제는 스미요시카이인데, 본신이 폐안을 만나보지."

"류, 류오코를 말씀입니까?"

키오는 고개를 들어 뇌신을 올려다보았다.

"아무래도 그 녀석, 욕심이 생긴 거 같아. 쯧. 조금 귀찮더라도 달래줘야겠군."

"하, 하이!"

키오는 크게 부복하며 복명했다.

저벅 저벅 저벅—

"휴우—."

키오가 크게 숨을 내쉬며 뇌전궁을 나오자, 기다리고 있던 수하들이 다가왔다.

"여기 있습니다."

한 수하가 손수건을 건넸다.

키오는 그 손수건을 받아 이마에 난 땀을 닦으며 자연스레 붉은 기둥이 눈에 띄는 건물로 시선을 옮겼다.

적풍궁(赤風宮).

풍신의 거처였다.

"그만 가……."

그 궁을 보며 미간을 찌푸렸다가 다시 시선을 앞으로 돌리려 할 때였다.

"지. ……?"

적풍궁 앞이 부산스러워졌다.

그리고 부산스러움 중심에 한 인물이 있었다.

고베 야마구치구미의 구미쵸, 마쓰무라 고이치로였다.

그도 자신의 시선을 느낀 탓인지 고개가 이쪽으로 향했다.

"밖에 대기하고 있는 놈들 있지?"

"하이!"

"돌아가는 길에 선물 하나 던져줘."

"하이!"

"큼!"

키오는 마뜩잖은 소리를 삼키며 몸을 돌렸다.

* * *

《뇌신이 만나자고 연락이 왔다.》

폐안.

"몸이 단 모양입니다."

박현은 전화기를 고쳐 잡으며 말했다.

《장막의 지배자니 뭐니 하는데, 그냥 뒷방 늙은이지, 크크크.》

폐안의 조소가 수화기 너머로 들려왔다.
"그래서 어쩌실 겁니까?"
《뭘 물어? 이미 내가 어떻게 할지 다 파악했으면서.》
박현은 어깨를 슬쩍 들었다.
전화상이라 그 모습이 보이지 않겠지만, 분위기상 폐안은 그러한 감정을 느꼈다.
《적당히 어울려줄게.》
"음."
그때 박현의 머릿속을 순간 스치고 지나가는 생각이 하나 있었다.
《왜?》
"방금 좋은 생각이 났습니다."
박현이 비릿한 웃음을 지었다.
《뭔데?》
"그날, 본인이 나가면 안 되겠습니까?"
《네가?》
"예."
《안 봐도 당황해하는 그 녀석의 얼굴이 훤하게 그려지는군.》
폐안은 흥미롭게 받아들였다.
"그리고 그날."

박현이 한 박자 말을 쉬자.

《……?》

페안은 궁금함을 드러냈다.

"형님은 스미요시카이를 데리고 대대적으로 쳐주십시오."

《야마구치구미를?》

"반드시 몰락시켜야 합니다."

《그렇다면?》

"……."

《…….》

잠시간의 정적.

《푸하하하하하하!》

그리고 그 정적을 깬 건 페안의 대소였다.

《이거이거. 우리가 생각한 수가 아니잖아.》

"상황이야 항상 바뀌는 거죠."

《생각 같아서는 그날, 나도 그 자리에 가고 싶군.》

"진심이십니까?"

《진심이지. 그 녀석의 구겨진 얼굴, 그리고 무참한 죽음을 보고 싶으니까.》

페안의 마지막 말에서 웃음기는 사라져 있었다.

《적자여.》

박현을 향한 페안의 호칭이 바뀌었다.

"예."

《풍신의 죽음만이라도 꼭 내 눈으로 보고 싶다.》

"형님만이 아니라 형제들에게도 보여드리겠습니다. 약조드립니다."

《고맙다.》

짧은 말이었지만 페안의 진심이 느껴졌다.

《오케이. 감사의 표시는 이걸로 끝내고.》

페안은 그답게 금방 분위기를 바꿨다.

《이후는?》

"이나가와카이를 무너트려야죠."

《고베가 아니라 이나가와카이라.》

페안의 말에 의문이 들어찼다.

"제가 말씀을 드리지 않았나요?"

《……?》

"본인은 풍신과 뇌신만의 목숨을 원하지 않습니다."

《…….》

"일본의 초토화."

《…….》

수화기 너머로 페안의 숨소리마저 사라졌다.

"그 시발점이 뇌신일 뿐입니다."

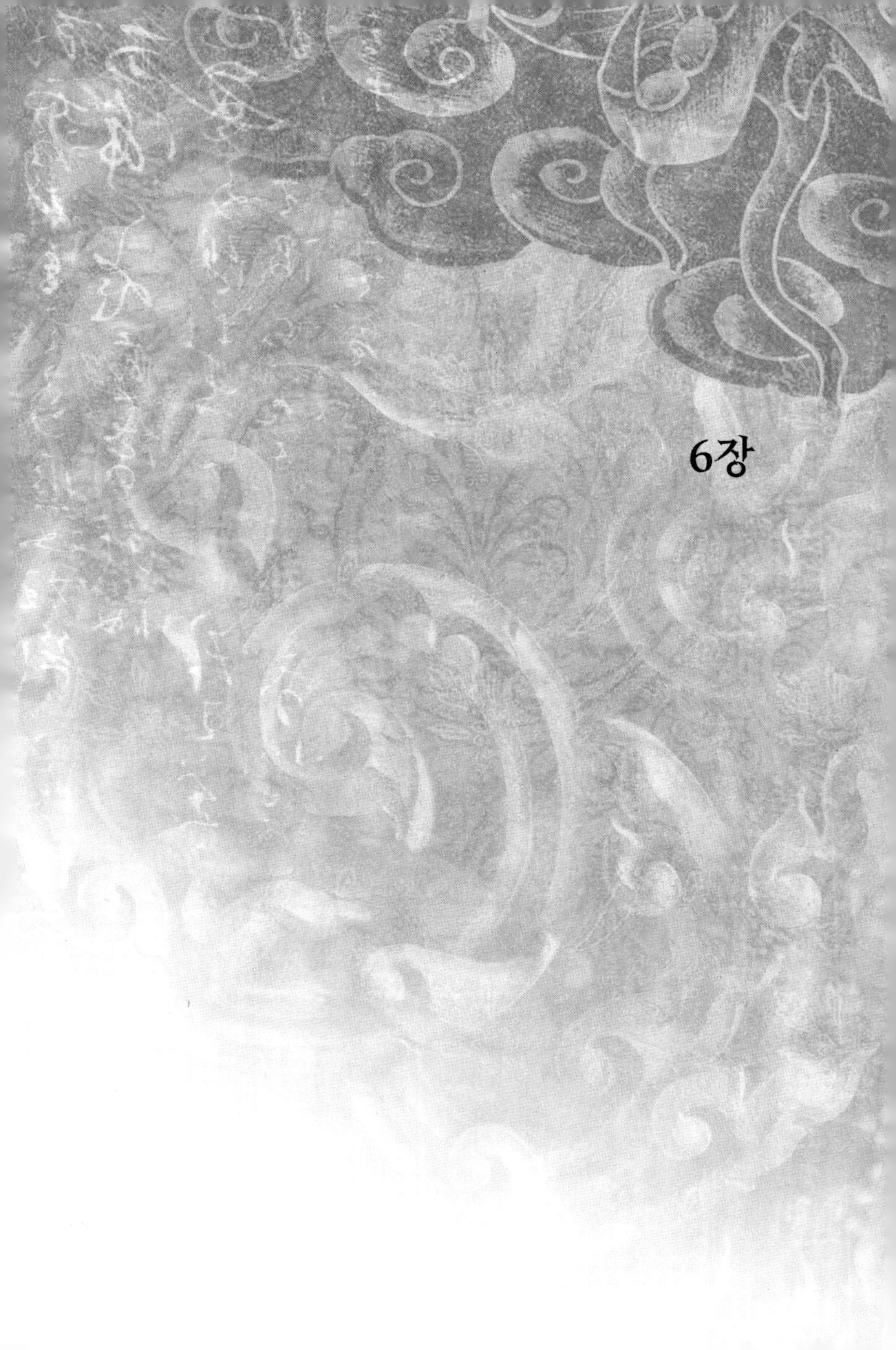

6장

적풍궁.

살랑— 살랑— 살랑—

양옆에서 무녀 둘의 부채질에 시원한 바람을 쐬며 녹차를 한 모금 마시는 이가 있었다.

풍신.

만약 기둥이 붉지 않고 푸른색이었다면 이곳이 뇌전궁이 아니었을까 싶을 정도로 내부는 매우 흡사했다.

또한.

주인의 자리를 차지하고 녹차를 마시는 이의 얼굴 또한, 쌍둥이라고 해도 믿을 정도로 뇌신의 얼굴과 매우 놀랍게도 닮아 있었다.

"오늘따라 차 맛이 더욱 좋군요. 한 잔 더 부탁드려도 될까요?"

다만 다른 점이 있다면 좀 더 목소리가 가늘고 예의를 차린다는 거였다.

"예, 궁주님."

단 아래 조용히 대기하고 있던 무녀가 조심스럽게 그의 찻잔을 수거할 때였다.

드르륵—

"야! 나도 한 잔 가져와. 뭐야? 차야? 나는 시원한 사케로 가져와."

그때 장지문이 벌컥 열리며 걸걸한 목소리가 들렸다.

"항상 등장이 요란하군요. 키츠네, 그대는."

풍신은 자신 옆에 털썩 주저앉는 키츠네를 보며 눈웃음을 지었다.

"이쪽으로는 영 걸음을 하지 않던 키츠네 사마께서는 어인 일로?"

"어이, 풍."

"그리 애타게 안 불러도 풍, 여기 있습니다."

"아 새끼, 닭살스러운 건 여전하네."

"후후."

키츠네가 인상을 찌푸렸지만, 풍신은 빙그레 웃을 뿐이었다.

"그 웃음도 짜증 나. 야! 술 안 가져와!"

키츠네는 고개를 돌려 소리쳤다.

"가, 가져왔습니다."

마침 장지문 밖에 주안상을 마련한 무녀가 서 있었다.

"너무 그러지 마시고. 우리를 위해 봉사하는 착한 아이들이에요."

"뭐래, 이 븅신은."

"괜찮아요. 놓고 가세요."

풍신은 키츠네의 욕에도 아랑곳하지 않고 무녀에게 친절을 베풀었다.

"크으!"

키츠네는 사케를 한 잔 마신 뒤, 예쁘게 놓인 회 한 점을 낼름 입에 물었다.

"야, 풍."

키츠네가 회를 꿀떡 삼키며 그를 불렀다.

"예, 풍. 여기 있어요."

"아이 씨, 진짜."

키츠네가 눈을 부라렸지만 풍신은 오히려 왜 그러냐며 어깨를 들어올렸다.

"내가 뭔 말을 할까."

"……."

"그건 그렇고."

"이제야 본론이군요."

"요즘 돌아가는 거 이상하지 않냐?"

키츠네는 술잔을 기울이며 물었다.

"어수선하기는 하죠."

"어수선이라, 어수선하기는 하지. 망할 개새끼들 때문에."

키츠네는 이를 빠드득 갈며 장지문을 노려보았다.

물론 그녀가 바라본 건 장지문이 아니었다.

그 너머에 있는 뇌전궁이었다.

"어때요? 힘들지요?"

"힘들기만 할까? 죽겠다, 죽겠어."

그녀의 말은 엄살이 아니었다.

실질적으로 며칠 전 연인이자, 고베 야마구치구미를 이끄는 구미쵸, 마쓰무라 고이치로가 습격을 당했었다.

그것도 여기 적풍궁을 나서자마자 바로.

"아우 씨, 다시 열 받네."

쾅!

키츠네는 술잔을 거칠게 내려놓으며 풍신을 노려보았다.

"야!"

그리고는 풍신의 무릎을 발로 툭 찼다.

"폭력은 안 좋은 겁니다."

"지랄한다."

키츠네는 걸쭉하게 욕을 내뱉었다.

"고이치로가 당했어."

"네, 들었습니다."

"그것도 여기 네가 불러서 들른 그 날!"

"후후—."

그럼에도 풍신은 여전히 웃고 있었다.

"야! 지금 웃냐? 어?"

키츠네는 다시 발을 들어 그의 허벅지를 발로 차려 했다.

후웅!

하지만 풍신의 몸에서 흘러나온 기운이 그녀의 발을 부드럽게 막았다.

"궁주님. 손님이 오셨습니다."

무녀가 접객을 알려왔다.

"손님?"

키츠네가 의아해했지만.

"들어오라 해주세요. 그리고 차 한 잔 더 부탁드려요."

"하이."

무녀의 말이 끝나고, 쇳소리 섞인 낯선 목소리가 들려왔다.
“오랜만이외다.”
모습을 드러낸 이는 바로 다이텐구였다.
그리고 그의 뒤에 서 있는 코노하텐구는 조용히 허리를 깊게 숙여 인사를 올렸다.
“어서 와요. 참으로 오랜만입니다. 그쵸?”
풍신이 손을 휘젓자 방구석에 있던 방석 두 개가 날아와 그의 앞에 놓였다.
다이텐구가 그의 앞에 앉고, 코노하텐구는 방석을 뒤로 당겨 그의 뒤에 자리를 잡고 앉았다.
“그대도 오랜만이로군.”
다이텐구는 키츠네에게도 인사를 건넸다.
“어.”
키츠네도 참으로 성의 없게 그의 인사를 받아주었다.
그럼에도 다이텐구는 미간을 찌푸린다거나 낯을 찡그리지 않았다.
“그래, 좀 알아보았나요?”
풍신이 다이텐구를 보며 물었다.
“궁주의 말이 맞더군.”
“그런가요?”
풍신은 눈을 반달로 그려냈다.

"궁주의 말이 아니었으면 찾아내지 못할 정도로 은밀한 움직임이었소."

"뭐야?"

둘 사이의 대화에 키츠네가 끼어들었다.

"뭔가 이상한 점이 있어 염치 불고하고 이나가와카이(稻川會)에 부탁을 했었습니다."

"그러니까 그게 뭐냐고!"

"야마구치구미와 스미요시카이(住吉会)."

"뭐야, 그 둘이 짠 거야?"

"확실하지는 않지만 그런 낌새가 있었다네요. 정확한 건 지금 들어봐야 알겠지만."

풍신의 시선이 다시 다이텐구에게로 향했다.

"어젯밤, 야마구치구미의 총사제 카이가이메와 스미요시카이의 부회장 호야우카무이가 몰래 접선을 했었소."

"자, 잠깐!"

다시 키츠네가 끼어들었다.

"누가 누구를 만나?"

그 무례함에 다이텐구도 결국 미간을 찌푸리고 말았다.

그러거나 말거나, 키츠네는.

"그 말은 이 두 쌍놈들이 우리를 가지고 놀았다는 말이잖아."

"확실하지는 않지만 본 텐구도 그리 생각하오."

다이텐구가 고개를 끄덕였다.

"키츠네 짱."

풍신이 그녀를 불렀다.

"뭐? 짜, 짱?"

"일단 감정 좀 가라앉혀요."

풍신은 붉으락푸르락하는 표정을 무시하고 다이텐구와 다시 시선을 마주했다.

"또한 이 항쟁의 시발점을 주목하고 싶습니다."

대화를 다시 이은 이는 코노하텐구였다.

"나미카와카이(波川會)."

"나미카와카이?"

"그 조직의 오야붕이 류오코와 형제의 잔을 나눈 놈입니다. 물론 대외적으로는 잔을 깨트리기는 했지만, 진실은 알 수 없습니다."

"후후, 하하하하!"

풍신은 웃음을 내뱉었다.

"뇌신과 류오코의 야합이라."

풍신은 손바닥으로 자신의 무릎을 툭툭 두들겼다.

"그 녀석, 결국 선을 넘고 말았군요."

풍신은 뇌신을 거론하며 눈매를 가늘게 만들었다.

"그래도 사실이 아니기를 바랐는데…… 말이죠."

"어쩌렵니까?"

다이텐구가 물었다.

"뭘 묻고 그래? 답은 뻔한데. 안 그러냐?"

키츠네의 말에 풍신이 빙그레 미소를 지었다.

"키츠네."

"왜? 내 말이 틀렸어?"

"아뇨."

"……?"

"오랜만에 옳은 말을 했네요."

풍신은 고개를 돌려 다이텐구를 쳐다보았다.

"우리의 오랜 약조를 기억하시나요?"

"기억하지."

"그 약조, 풀어드리겠습니다."

텐구들이 웅크리며 살아갈 수밖에 없는 또 다른 이유.

그건 풍신과 뇌신이 원했기 때문이었다.

정확히는 뇌신이 원했던 바였지만, 어쨌든 풍신도 동의를 했었다.

왜냐하면 찬란한 태양은 여럿일 수 없었으니까.

그리고 제아무리 텐구라도 뇌신과 풍신에게는 태양 아래 반딧불이나 마찬가지인 존재였기에, 그나마 풍신의 도움으로 그들은 자치(自治)를 이어갈 수 있었다.

“다이텐구 사마.”

풍신이 나긋한 목소리로 그를 불렀다.

“예, 궁주.”

“그래도 태양은 넘보지 마세요.”

자신의 위엄을 넘보지 말라는 경고.

“당연한 말씀입니다.”

“좋아요.”

풍신은 흡족하게 고개를 끄덕였다.

“그럼 앞으로 이렇게 합시다.”

풍신의 말에 키츠네와 다이텐구가 그의 입에 귀를 기울였다.

“모든 전력을 쥐어짜 야마구치구미부터 쓸어버립시다.”

“야마구치구미부터라…….”

“옛날부터 오니들이 마음에 들지 않았거든요. 해악 덩어리들을 이참에 이 땅에서 지워버리도록 하죠.”

오니와 사이가 안 좋은 건 텐구들도 매한가지.

“그리합지요.”

“걱정 마세요, 다이텐구 사마.”

“……?”

“뇌신은 본신이 적절하게 막아줄 테니까.”

"적절하게?"

키츠네가 코웃음을 쳤다.

"그 녀석이 태양이 하나이기를 바라니, 하나가 될 수밖에요. 안 그래요?"

가늘게 뜬 눈은 웃고 있었지만, 그 안의 눈동자는 한없이 차갑게 일렁이고 있었다.

*　　*　　*

"황거가 분주합니다."

별초장.

"황거?"

"정확히는 적풍궁입니다."

"풍신?"

"그곳에 키츠네와 다이텐구가 은밀히 방문했습니다."

박현은 알겠다는 듯 고개를 끄덕였다.

"용케 잘 돌아다니는군."

"내각정보조사실이 무너진 게 주효했습니다."

"흠."

"고베 야마구치구미만 조심하면, 저희들의 걸음을 막을 이들은 없는 셈입니다."

별초장은 평소 그답지 않게 희미하게나마 입꼬리를 말아 올렸다.

"어젯밤에 카이가이메인가 뭔가 하는 놈과의 접선에서 꼬리를 밟혔다고?"

"예."

"그걸 곡해서 받아드렸을 테고, 그러면 손을 잡겠지?"

"그러지 않겠습니까?"

"당연히 야마구치구미부터 노리겠지?"

박현의 물음에 별초장이 고개를 끄덕였다.

"의도치 않은 계략이 되어버렸군."

박현인 피식 웃음을 삼켰다.

"이로서 일본의 태양은 정확히 반으로 갈라졌군."

"그치들이 태양이라니요. 가당치 않은 말씀입니다."

박현이 눈을 동그랗게 뜨며 별초장을 올려다보았다.

"살다 보니 그대에게서 입바른 소리도 들어보는군."

"진심입니다."

별초장의 얼굴은 여전히 무표정으로 일관하고 있었다.

"어쨌든 듣기 나쁘지 않군."

박현은 담담하게 웃으며 말을 이었다.

"이제 남은 건 기다리는 것뿐인가?"

"그에 맞춰 준비해놓겠습니다."

"그래, 풍신과 텐구. 그들과 손을 맞춰보자고."
박현이 양손으로 턱을 괴며 눈매를 가늘게 만들었다.

*　　*　　*

은색의 기모노를 입은 뇌신이 은은한 촛불을 쳐다보고 있었다.
드르륵—
장지문이 열리고 땅딸막하고 구부정한 사내가 안으로 들어왔다.
"시간이 되었습니다."
뇌신의 시중을 드는 요괴 부캇코[ぶかっこう][1]였다.
그 말에 뇌신은 자리에서 일어났다.
뇌전궁 앞에는 검은 세단 한 대뿐만 아니라 경찰 모터바이크와 경찰차 수 대가 거리를 두고 대기하고 있었다.
뇌신이 차로 향하자 운전석에 있던 이가 헐레벌떡 밖으로 튀어나와 공손히 문을 열었다.
뇌신이 타자 털북숭이 사내가 조심스럽게 문을 닫고 운전석으로 올라탔다.
"케켄, 출발하자."
그사이 보조석에 탄 부캇코의 말에 케켄이라 불린 털북

숭이 사내, 케우케켄[2][毛羽毛現]이 부드럽게 차를 움직였다.

뇌신이 탄 차가 움직이자, 그 앞뒤로 경찰 모터바이크와 경찰차가 따라붙었다.

뇌신은 어둑한 밤거리를 수놓은 붉은 빛과 파란 빛을 잠시 쳐다보다 시선을 다시 앞으로 향했다.

"부캇코."

"하이."

보조석에 앉아있던 부캇코가 각을 잡으며 대답했다.

"경찰들이 너무 눈에 띄는군."

뇌신이 만나러 가는 이는 스미요시카이의 류오코.

용생구자의 폐안이었다.

사람들의 눈에 띄어 봐야 좋을 것이 없었다.

"도심 외각까지만 서포트를 하고 바로 빠지기로 했습니다."

그 말에 뇌신은 고개를 끄덕이며 뒷좌석에 몸을 기대며 눈을 감았다.

호위 경찰들과 교통 경찰의 도움을 받아 뇌신이 탄 차는 한 번도 쉬지 않고 도쿄 중심을 빠져나갈 수 있었다.

그리고.

부캇코의 말처럼 외곽으로 빠지자 경찰차들은 오던 길로

돌아 사라졌다.

그 후, 검은 세단은 한적한 외곽길을 달려 한 눈에도 고풍스러운 일옥의 식당에 도착했다.

“어서 오십시오.”

차가 도착하자 대기하고 있던 중년의 지배인이 재빨리 다가와 차문을 열었다.

“손님은?”

뇌신은 그의 응대에 눈길조차 주지 않은 채 물었다.

“10여 분 전에 도착해서 기다리고 계십니다.”

“그래도 예의는 있군.”

뇌신은 지배인을 지나쳐 일옥 안으로 걸음을 옮겼다.

“제가 모시겠습니다.”

지배인은 비굴할 정도로 몸을 낮췄지만, 뇌신은 그에게 일절 관심을 두지 않았다.

어쨌든 지배인은 뇌신을 건물과 정원, 다시 건물을 거쳐 어느 방으로 안내했다.

“여기입니다.”

지배인은 방을 가리킨 후 굳게 닫혀있던 장지문을 열었다.

가장 먼저 눈에 들어온 건 방 안의 활짝 열린 장지문 너머 푸른빛을 띤 정원과 정원을 밝히는 은은한 조명이었다.

뇌신은 단아한 풍취를 짧게 감상한 후, 고고한 모습으로 좌식 탁자에서 사케를 음미하는 이로 시선을 옮겼다.

"……?"

사내와 눈이 마주친 뇌신은 눈을 살짝 치켜떴다가 이내 눈매를 가늘게 만들었다.

"네놈은 누구냐?"

있어야 할 페안은 없고, 웬 젊은 사내가 술잔을 내리며 히죽 웃을 짓는 모습에 뇌신의 미간에 깊은 주름이 파였다.

* * *

쪼르르—

박현은 술잔에 사케를 채운 뒤 잔을 들었다.

"정원의 푸름과 맑은 물줄기는 참 마음에 드는데."

방 안쪽 활짝 열린 장지문 사이로 아담한 정원을 쳐다보며 술잔을 입에 털어 넣었다.

"방금 도착했습니다."

별초장이 뒤에서 모습을 드러냈다.

"혼자 왔을 리는 없고."

"영신 둘과 함께 왔습니다."

"영신?"

"부캇코와 케우케켄이라는 자입니다."

"……?"

"딱히 신경 쓰실 거 없습니다. 저희들 손으로 조용히 처리하겠습니다."

"고베와 이나가와카이는?"

"뇌신에게서 눈을 떼지 않고 있으니, 슬슬 기습을 강행하지 않을까 싶습니다."

"폐안 형님과 북성은?"

"이나가와카이가 움직이면 곧장 행동하겠다 했습니다. 이미 대기 중입니다."

박현이 고개를 끄덕이며 다시 정원을 쳐다보았다.

"자연을 들여온 정원인데 참으로 반듯해."

한옥이 자연과 풍광에 집을 맞추는 것이라면, 일본은 가옥 안에 자연과 풍광을 욱여넣었다.

반듯하지만, 뭔가 부자연스럽고 인공적인.

그래서 더더욱.

"부수고 싶군."

박현은 빈 술잔을 손가락으로 튕겼다.

핑— 퍼석!

술잔이 화살처럼 날아가 석등 하나를 부숴버렸다.

"오늘 만날 누구처럼."

박현은 부서진 석등을 바라보며 입술 끝을 말아 올린 뒤 새 술잔을 가져와 사케를 따랐다.

"곧 도착합니다."

"결계 잘 쳐. 오늘 그 누구도 이곳에서 살아나갈 수 없게."

"명."

별초장은 조용히 복명한 뒤 다시 모습을 감췄다.

그리고.

드르르륵—

굳게 닫혀 있던 장지문이 열렸다.

활짝 열린 장지문 중앙에 단정하게 머리를 빗어 넘긴 중년의 사내가 서 있었다.

박현은 그를 바라보며 술잔을 입에 털어 넣었다.

* * *

그 시각.

도쿄 타워.

일반인은 올라갈 수 없는 제일 꼭대기.

폐안은 항공 점멸등을 밟고 서 있었다.

팔짱을 낀 폐안은 어느 한 곳을 쳐다보고 있었다.

그런 그의 눈에서는 신광이 번뜩이고 있었다.

스윽—

그런 그의 곁으로 보좌 아이누카이세이가 허공에 모습을 드러냈다.

“이나가와카이의 팔가(八家)와 고베가 움직였습니다.”

“보고 있다.”

페안은 팔을 움직여 뒷짐을 졌다.

“명을 내려주십시오.”

“북성에게 누구를 붙였나?”

“모시리신나이사무(モシリシンナイサム)[3]를 조력자로 붙여놓았습니다.”

페안은 고개를 끄덕였다.

“다이텐구, 그 녀석은 여전히 음흉하면서도 날카롭군.”

페안의 눈은 빠르게 움직였다.

하지만 시선이 오랫동안 멈춘 곳은 정확히 네 군데.

야마구치구미의 중심이자, 키오가 머무는 본가.

붉은 오니의 새로운 두목이자 부회장 자리에 오른 아카이오토코와 푸른 오니를 이끄는 부회장 쿠요시.

그리고 든든한 후방을 맡고 있는 총사제 카이가이메였다.

“영리하게 편을 잘 갈랐어.”

고베 야마구치구미는 외곽 산하조직들과 총사제 카이가이메를 노렸고, 텐구들의 팔가는 야마구치구미의 본가와 두 부회장, 아카이오토코와 쿠요시를 노렸다.

그렇다고 해서 고베 야마구치구미가 가장 핵심적인 본가에서 완전히 손을 뗄 리는 없다.

그곳에 일인군단이라 해도 과언이 아닌 키츠네가 홀로 합류했다.

"외곽의 잔챙이는 고베 야마구치구미에게 준다."

"……?"

"우리는 알짜배기만 취해, 힘을 과시한다."

"하이!"

"사무에게 전해라. 카이가이메를 노리라고. 반드시 고베의 것들보다 먼저 카이가이메의 목을 쳐야 한다고."

"하이!"

"그리고 시사, 카무이는 각자 아카이오토코와 쿠요시를 맡으라 전해. 물론……."

"텐구들보다 먼저 그들의 목을 잘라놓으라 전하겠습니다."

폐안은 고개를 끄덕였다.

"나는 본가, 키오에게로 간다."

"하잇!"

아이누카이세이가 복명의 의미로 허리를 숙인 순간, 페안의 신형은 그 자리에서 사라졌다.

그리고 하늘에 붉은 섬광이 한 줄기 그려졌다.

그 붉은 실은 야마구치구미의 본가 쪽으로 수를 놓았다.

*　　　*　　　*

고베 야마구치구미.

이나가와카이.

그리고 스미요시카이.

3대 야쿠자 조직이자, 이면을 대표하는 신과 조직들이 일본을 대표하는 최고의 파벌이자 이면의 조직인 야마구치구미를 습격한 그 시각.

뇌신은 박현을 내려다보고 있었다.

"뭘 그렇게 보고 있어? 이리 와서 한 잔 받아."

박현은 염력으로 빈 술잔을 가져와 맞은편에 내려놓았다.

"지배인."

"하, 하이."

뇌신의 노기가 담긴 부름에 지배인은 그의 심기를 거스르지 않기 위해 땀을 삐질삐질 흘리며 대답했다.

"분명 오늘 비우기로 한다 하지 않았는가?"

뇌신은 손을 뻗어 지배인의 목을 움켜잡았다.

"컥컥! 컥!"

일반인인 지배인은 힘없이 그의 손에 딸려 올라가 허공에서 허우적거렸다.

"카, 카미사마[神님]의 소, 손님이 마, 맞습니다."

"뭐라?"

뇌신은 얼굴을 찡그리며 고개를 돌려 박현을 쳐다보았다.

"류오코는 어디 가고 네 놈이 그 자리에 앉아 있는 거지?"

"류오코? 아~ 폐안 형님."

형님이라는 말에 뇌신의 눈썹이 꿈틀거렸다.

"네놈은?"

뇌신은 그 순간 나미카와카이를 떠올렸다.

"역시."

콰직!

"끄악!"

뇌신은 지배인의 목을 바스러트려 죽여 버린 후 시신을 복도에 던지며 방 안으로 들어왔다.

"설마 네놈이 류오코를 대신해서 나온 것은 아니겠지?"

뇌신은 박현 앞에 서서 물었다.

"거 참 사람 손 민망하게."

박현은 사케병을 흔들어 보였다.

"이것들이 감히 본신을 놀려?"

콰아아아아—

뇌신을 중심으로 엄청난 기운이 폭발하듯 발산되었다.

다르르륵—

그 기운에 먼저 휩싸인 탁자가 뇌신의 힘을 이기지 못하고 삐거덕 뒤틀리며 그 위에 놓인 술잔들이 흔들리기 시작했다.

콰직!

그리고 탁자에 긴 굵은 금이 갔다.

괴롭게 요동치던 탁자였지만.

툭!

어느 순간 마치 거짓말처럼 평온함을 찾았다.

"……!"

그건 바로 박현의 기운 때문이었다.

탁!

박현은 사케병을 탁자에 내려놓고는 좌식 의자 등받이에 몸을 기대며 뇌신을 올려다보았다.

"하아—, 이 새끼."

"뭐, 뭐라?"

뇌신이 언제 대놓고 욕을 들어봤을까?

순간 당황한 뇌신은 어이없다는 표정을 지었다가 이내 얼굴을 일그러트리며 살기를 폭사시켰다.

"죽을 놈 술 한 잔은 먹이고 보내려고 했더니."

쾅!

그때 엄청난 기운이 뇌신의 몸을 때렸다.

순간적인 그 기운에 뇌신은 뒤로 주르르 밀려 정원으로 튕겨져 나갔다.

콰과광!

그리고 정갈한 정원 한구석을 엉망으로 만들고 말았다.

*용어

1) 부캇코[ぶかっこう]: 부캇코는 혀를 길게 내민 사람의 얼굴에 뱀처럼 긴 목을 가진 요괴로, 1932년 작 백귀야행 그림집과, 에도시대의 '백물어회화 그림집' 에 실려있다. 하지만 이름과 생김새만 전해질 뿐 나머지는 불명이다.

2) 케우케켄[毛羽毛現]: 케우케켄은 토리야마 세키엔의 그림집 '금석백귀습유(今昔百鬼拾遺)' 에 실린 요괴로, 온몸이 털로 뒤덮힌 요괴이다. 그에 실린 내용에 따르면 역신의 한 종류로 집이나 복도 등 습한 곳에 깃들어 살며, 사람에게 병을 깃들게 한다 한다.

3) 모시리신나이사무(モシリシンナイサム): 아이누에서 전해오는 요괴로, 흑백 얼룩무늬를 가졌다. 보통 변두리 습지에서 발견되며, 다양한 동물의 모습으로 변할 수 있다 한다. 또한 자신의 흔적을 본 자에게 불운의 저주를 내릴 수 있다 한다.

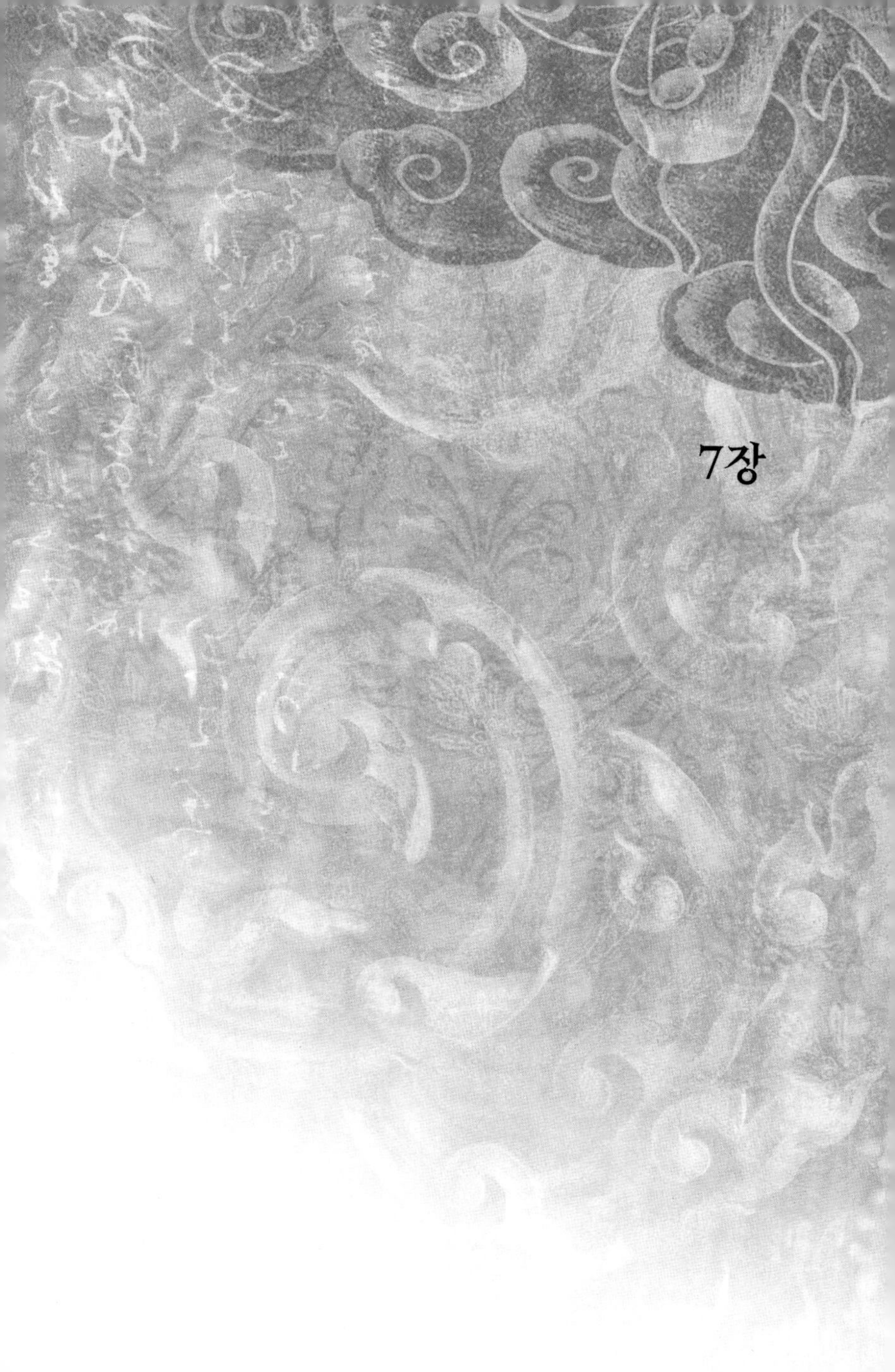

7장

드르르륵—

박현은 탁자를 옆으로 밀며 자리에서 일어났다.

그리고는 천천히 정원 쪽으로 걸음을 내디딜 때였다.

"고노야로[이 새끼]!"

뇌신의 시중이자 비서인 부캇코가 으르렁거리며 투박한 살기를 드러냈다.

그러자,

스으윽.

부캇코 앞으로 그슨대가 유령처럼 모습을 드러냈다.

창—

그슨대는 마치 벼락처럼 칼을 뽑아 부캇코의 목에 칼날을 내밀었다.

『누구도 주군의 허락 없이 방 안에 발을 들일 수 없다.』

음산한 저음에 부캇코는 저도 모르게 뒤로 한 걸음 물러나고 말았다.

"……!"

하지만 부캇코의 눈동자가 흔들린 이유는 바로 지척에서 자신을 노리는 칼날 때문이 아니었다.

바로 그 칼을 들고 선 그슨대.

그 때문이었다.

아무런 기척도, 기운도 느끼지 못했었다.

바로 자신의 발밑에 있었음에도 말이다.

언제나 자존심도 없이 멍청하게 보일 정도로 뇌신 앞에서 웃음을 짓는 부캇코였지만, 그건 어디까지나 뇌신 앞에서만이었다.

부캇코는 얼굴을 일그러트리며 은은한 살기를 내뿜기 시작했다.

"스학!"

부캇코는 뱀 소리를 낮게 흘리며 기운을 스물스물 끌어올렸다.

그의 적의를 느낀 그슨대는 칼자루를 다시 한번 더 꾹 쥐며 부캇코를 노려보았다.

둘 사이의 분위기가 서서히 극에 달해갈 때였다.

부르르르르—

그때 부캇코의 안주머니에서 진동이 울렸다.

그 진동은 둘 사이의 김장감을 살짝 낮췄다.

무뎌진 긴장감 속에 부캇코는 뒤로 한 걸음 더 물러나며 안주머니로 손을 가져갔다.

가슴 어름에서 울리는 휴대폰은 매우 중요한 폰이었다.

“모시모시.”

부캇코는 그슨대에게서 눈을 떼지 않은 채 전화를 받았다.

『구, 궁주님은 어디에 계시나!』

순간 휴대폰을 귀에서 떼야 할 정도로 큰 소리가 들려왔다.

목소리의 주인은 야마구치구미의 카이쵸이자, 오니들의 왕 키오였다.

“무슨 일이십니까?”

부캇코는 안 그래도 일그러진 얼굴에서 미간을 더욱 찌푸리며 물었다.

『망할 놈들이 뒤통수를 쳤어!』

“무슨 말씀이신지.”

『고베 야마구치구미, 스미요시카이, 이나가와카이. 이놈들이 합심해서 쳐들어왔다고!』

"하, 하이?"

순간 키오의 말을 이해할 수 없는 부캇코가 눈을 껌뻑이며 되물었다.

『궁주님은?』

"류오코와 약속을……."

『류오코? 그 류오코가 바로 여기에 있단 말이다!』

"예?"

당연히 목소리가 커진 부캇코가 시선을 그슨대 너머로 옮겨갔다.

쾅!

정원 한구석에 폭탄이라도 터진 듯, 흙더미와 돌, 석등 등이 허공으로 비산하며 그림자가 하늘로 툭 튀어 올랐다.

뇌신은 바닥에 2m가량 떠서 박현을 노려보았다.

"이 새끼."

뇌신의 몸은 정원 구석에 처박혔다고 믿기 어려울 만큼 깨끗했다.

분노를 온몸으로 표출하는 뇌신과 달리 박현은 느긋하게 뒷짐을 진 자세로 보란 듯이 입꼬리를 말아올렸다.

츠츠츳—

뇌신의 몸에서 푸른 기운과 함께 뇌전의 불꽃이 튀기 시작할 때였다.

"구, 궁주님."

둘 사이에 끼어든 이가 있었으니, 바로 부캇코였다.

"뭐냐!"

뇌신은 정원으로 들어서는 부캇코를 내려다보았다.

"모략에 빠졌습니다."

"무슨 소리냐?"

뇌신은 박현을 흘깃 쳐다보며 물었다.

"고베 야마구치구미, 스미요시카이, 이나가와카이가 동시에 야마구치구미를 쳤다 합니다!"

"뭐, 뭐라?"

당황한 표정이 뇌신의 얼굴에 선명하게 드러났다.

"서, 설마?"

"류오코, 아니 폐안. 그자가 야마구치구미 본가에 있답니다."

적잖게 충격을 받은 듯 부캇코의 말에 뇌신의 입이 꾹 닫혔다.

하지만 그것도 잠시.

그의 온몸이 파르르 떨리는 것을 보면 분노를 참기 어려운 모양이었다.

"별초장."

박현이 그를 부르자.

스르륵— 서걱!

마치 닌자처럼 부캇코 뒤에서 모습을 드러낸 별초장이 단칼에 부캇코의 목을 쳐버렸다.

순간의 살기에 급히 몸을 틀었지만, 부캇코는 별초장의 칼을 피하지 못하고 목이 반쯤 잘렸다.

"끄륵, 끄륵! 스하하학!"

부캇코는 피가 꿀럭꿀럭 흘러나오는 목을 부여잡은 채 인간의 껍질을 찢으며 본신을 드러냈다.

칙칙한 회색 뱀의 몸통에 인간의 얼굴.

부캇코는 혀를 길게 내밀며 다시 한번 울음을 토해냈지만, 그 울음은 그의 마지막 단말마가 되어버렸다.

털썩!

그의 시신이 바닥에 허물어졌지만, 뇌신은 그런 그의 시신에 눈길조차 주지 않았다.

시퍼런 살기를 풀풀 날리며 박현을 쳐다보고 있었다.

그러는 사이.

"으아아악!"

우지끈 와장창창창—

장지문이 붉게 찢어지며 케우케켄이 방 안으로 쓰러졌다.

검회색의 털이 붉게 변해 있었다.

"구, 궁주님."

케우케켄은 뇌신을 향해 손을 뻗었다.

푸욱—

그런 그의 뒤로 그슨대가 다가와 피 묻은 등에 칼을 꽂았다.

"끄륵—, 꺽, 꺽!"

케우케켄은 몸을 한 차례 파르르 떤 뒤 바닥으로 허물어졌다.

"모두 처리했습니다."

그슨대는 칼에 묻은 피를 털며 보고했다.

"외곽을 지키고, 결계를 유지해."

"명!"

그슨대는 가슴에 주먹을 얹으며 복명한 뒤 그 자리에서 사라졌다.

"크크크크."

그 모습을 지켜보고 있던 뇌신이 웃음을 내뱉었다.

"크하하하하하!"

그 웃음은 서서히 커지더니 이내 미친 게 아닐까 싶을 정도로 그가 대소를 터트렸다.

물론 그 웃음에는 분노가 가득했으며, 살기가 진득했고, 광기도 담겨 있었다.

"풍신."

빠드득.

뇌신은 풍신의 이름을 내뱉으며 이를 갈았다.

"고고한 척하더니 뒤로 호박씨를 까?"

뇌신은 박현을 노려보았다.

"느껴지는 기운을 보니 류오코의 피를 이은 놈이겠구나."

용의 자식.

당연히 박현의 기운이 폐안의 기운은 닮을 수밖에.

"그놈에게 핏줄이 있다는 것도 놀라운데……."

뇌신의 입꼬리가 음산하게 말려 올라갔다.

"죽을 자리에 밀어 넣다니. 과연 류오코야. 크크크크."

뇌신이 말을 마치는 순간.

고오오오—

그의 몸에서 폭풍과도 같은 기운이 흘러나왔다.

다르륵— 다륵— 끼기긱!

그 기운은 주변 정원을 넘어 건물 자체를 흔들어버렸다.

우르르 콰광!

뇌신의 기운을 이겨내지 못하고 달그락거리는 기왓장 위

로 번개가 떨어졌다. 그리고 그 번개는 기왓장을 뚫고 박현의 바로 옆, 툇마루에 내리꽂혔다.

"일단 네 목으로 내 분노를 누그러트려야겠구나."

뇌신의 눈에서도 자그만 불꽃이 튀었다.

"단단히 착각한 거 같은데 말이야."

박현이 손을 머리 위로 들어올렸다.

"아쉽게도 본인은 미끼가 아니라서."

박현은 이죽거리듯 입꼬리를 말아올리며 머리 위로 들었던 손을 아래로 내렸다.

쿵!

묵직한 기운이 정원으로 툭 떨어졌다.

그 기운을 흠뻑 뒤집어쓴 뇌신의 얼굴이 순간 굳어졌다.

하지만 문제는 그게 끝이 아니었다는 것이었다.

쏴아아아아—

흡사 하늘에 구멍이 뚫린 듯 쏟아내리는 소나기처럼, 거대한 기운이 뇌신의 온몸을 찍어눌렀다.

"흡!"

그 기운에 눌린 뇌신의 허공에 뜬 몸은 서서히 바닥으로 내려가기 시작했다.

마치 심해에라도 빠진 듯 숨이 턱턱 막혔다.

"류오코 형님은 본인의 명에 키오에게 간 거야."

뇌신과 반대로 박현은 허공으로 몸을 띄워 천천히 다가갔다.

"끄으으으!"

뇌신의 꽉 다물린 입술 사이로 신음이 흘러나왔고, 얼굴은 터질 듯 붉어졌다.

그리고 뇌신의 발은 바닥에 닫았다.

"왜인지 아나?"

박현은 바투 다가서서 뇌신을 내려다보며 물었다.

"본인이 너를 죽이려고."

박현은 손을 뻗어 뇌신의 머리카락을 움켜잡았다.

쾅!

그리고는 단숨에 그의 얼굴을 땅에 처박아버렸다.

"죽여버리겠다! 캬하아아아악!"

뇌신은 몸을 뒤집어 발로 박현을 허공으로 튕겨버린 후 육신을 찢고 진신을 드러냈다.

뇌신의 진신은 용과 뱀의 모습이 교묘하게 섞인 모습이었다.

어쨌든 일본을 지배하는 신.

천외천.

뇌신은 마치 그물이라도 뿌리는 것처럼 번개를 주변으로 흩뿌리며 허공으로 다시 날아올랐다.

『네놈의 몸을 갈기갈기 찢어 죽여달라 애원하게 만들…….』

"크르르르!"

허공으로 튕겨 올라간 박현이 자세를 다시 잡으며 거대한 진신을 드러낸 뇌신을 내려다보며 울음을 만들었다.

그 울음은 서서히.

"크하아아아악!"

광포해졌다.

울음의 광포함은 기운에도 담겨 다시 한번 뇌신의 몸을 찍어 눌렀다.

콰앙!

『큭!』

엄청난 기운에 눌려 뇌신의 몸이 다시 바닥으로 내려 꽂혔다.

생각 이상으로 강한 힘에 잠시 놀랐지만, 뇌신은 살기를 거침없이 표출하며 다시 하늘로 몸을 띄웠다.

그리고 박현을 보았다.

『……!』

인간의 육신을 찢으며 드러나는 박현의 진신을 보자 뇌신의 눈이 부릅떠졌다.

화등잔처럼 떠진 눈 안의 눈동자는 파르르 요동쳤다.

『미, 믿을 수…….』

없다.

자신이 그토록 선망하는 모습.

닮고자 했지만 닮을 수 없는 위용.

태고의 용이 있었기 때문이었다.

짙은 먹물을 머금은 채.

* * *

야마구치구미 본가.

폐안은 낯을 찡그린 채 피투성이로 범벅인 복도를 걷다 코노하텐구와 마주쳤다.

"네, 네놈은?"

코노하텐구가 폐안을 보자 긴장감을 드러내며 얼굴을 찌푸렸다.

"네놈?"

폐안은 자신의 앞을 가로막은 코노하텐구를 보며 얼굴을 일그러트렸다.

"여기는 무슨……."

코노하텐구가 날개를 활짝 펼치며 깃을 세웠다.

은은한 살기가 폐안의 신경을 슬쩍 건드리자마자 폐안의

신형이 그 자리에서 사라졌다.

콱!

폐안은 코노하텐구의 머리를 움켜잡았다.

"지금 네놈이고 했냐?"

폐안은 그가 자신에게 내뱉었던 말을 다시 한번 되물으며 머리를 흔들었다.

"끄으!"

코노하텐구는 폐안의 손길에 몸이 이리저리 흔들리며 고통 어린 신음을 흘려 냈다.

"이 새끼야."

폐안은 코노하텐구의 얼굴을 끌어당기며 눈을 부라렸다.

"본인이 볼일이 없었다면 넌 내 손에 뒈졌어."

폐안은 씨익 웃으며 코노하텐구를 머리 위로 들어올렸다가 툭 놓았다.

"컥컥! 컥!"

코노하텐구는 높이가 높지 않아 바닥에 주저앉지는 않았지만, 머리가 바스러지는 고통에 머리를 부여잡으며 몸을 떨었다.

폐안은 그런 코노하텐구를 바라보며 씨익 웃음을 드러냈다.

"……?"

그런 눈빛을 본 코노하텐구가 의아한 표정을 지을 때였다.

페안은 다리를 들어 코노하텐구의 가슴을 그대로 후려찼다.

콰앙!

엄청난 폭음과 함께 코노하텐구는 벽면을 부수며 뒤로 날아갔다.

"그렇다고 용서해준 건 아니야."

페안은 코노하텐구가 부순 벽을 손으로 툭툭 허물며 방 안으로 들어갔다.

"네, 네놈이!"

"……."

페안을 가장 먼저 반긴 건 다이텐구와 키츠네였다.

"여어!"

페안은 둘을 보자, 선글라스를 벗으며 씨익 웃음을 지어 보였다.

"다들 오랜만이야."

페안은 인사를 건넨 후, 키츠네를 향해 윙크를 살짝 날렸다.

"너, 이 새끼. 결국……."

키츠네가 으르렁거렸지만.

"결국, 뭐?"

페안은 심드렁하게 받아쳤다.

"오냐! 오늘 네가 죽든가, 내가 죽든가, 둘 중에 하나는 죽어야 할 것이다!"

"이년이 안 본 사이에 미쳤나, 뭐라는 거야?"

페안은 황당하다는 듯 표정을 지었다.

"뭐, 뭐라? 미, 미쳤……?"

"미치려면 저기 가서 혼자 곱게 미치고, 나와."

페안은 키츠네에게 뚜벅뚜벅 걸어가 그녀의 어깨를 잡아 옆으로 밀쳤다.

하지만 그를 막아선 이가 또 있었으니, 바로 다이텐구였다.

"하아—."

페안은 그를 보며 한숨을 푹 내쉬었다.

"다이텐구."

"류오코."

"그대도 키츠네처럼 쳐돌았나? 어?"

"……."

페안의 막말에 다이텐구의 눈썹이 꿈틀거렸다.

"쌍으로 미쳤나, 왜 자꾸 길을 막고 지랄이야? 지랄이!"

쿠오오오!

폐안의 몸에서 짙은 투기가 폭발하듯 터졌다.

“그대, 뇌신을 만나러 가지 않았었나?”

다이텐구가 양손에 쥔 강철부채를 말아쥐며 물었다.

“본신이 그치를 왜 만나?”

폐안이 결국 짜증을 냈다.

“……?”

폐안의 반응에 다이텐구의 눈동자가 살짝 커졌다.

하지만 이내 눈매가 가늘어졌다.

다이텐구는 의심이 가득한 눈빛으로 다시 입을 열었다.

“분명 만남이 있었던 것으로 알고 있거늘.”

“야이, 썅!”

폐안은 결국 욕을 내뱉었다.

“야! 다이텐구.”

“…….”

“너, 내가 만만하지? 어?”

폐안은 다이텐구 앞으로 걸어가 그의 가슴을 손가락으로 쿡쿡 찔렀다.

“후와—, 천 년 조용히 살았더니 세상이 본신을 개호구로 보네.”

폐안이 내뱉는 말에 다이텐구의 눈매가 꿈틀거렸다.

“쓰벌. 텐구들도 나를 우습게 보는데 뇌신, 그 새끼는 아에 본신을 물로 봤겠구먼. 그러니 오라 마라지.”

페안은 손을 뻗어 다이텐구의 머리채를 움켜잡은 뒤 흔들었다.

“죽기 싫으면 길 터라.”

페안은 다이텐구를 바닥으로 내팽개쳤다.

“캬흐으응!”

그때 키츠네의 울음이 터져 나왔다.

“캬르르르르!”

키츠네는 온몸에 난 잔털을 곤두세우며 아홉 개의 꼬리를 드러냈다.

“그래. 이 기회에 너도 죽자. 앙!”

페안도 더는 참을 수 없다는 듯 투기에 살기를 더했다.

“자, 잠깐!”

다이텐구가 재빨리 카츠네와 페안 사이에 끼어들었다.

페안이 했던 마지막 말을 들은 까닭이었다.

“류오코!”

“야이, 씨!”

페안이 고개를 홱 돌렸다.

“하나만 답해주시오.”

“너 그냥 죽여줄까?”

“하나만!”

다이텐구가 다급히 되물었다.
"그 질문, 마음에 안 들면 여기 있는 놈들 다 찢어버린다."
페안이 뒤로 한 걸음 물러나자 다이텐구가 안도의 한숨을 내쉬었다.
"뇌신, 그와 손을 잡았소?"
다이텐구의 질문에 키츠네의 눈에도 긴장감이 가득 찼다.
"뭐야? 내가 그 새끼랑 손이라도 잡은 줄 알았냐?"
"분명, 둘 사이에 약속이……."
다이텐구가 말끝을 흐렸다.
"일방적인 약속이라면 약속이기는 하지. 그런데 왜? 아—, 약속은 지켰어."
"……!"
"……!"
다이텐구와 카츠네의 눈이 화등잔처럼 크게 떠졌다.
"크크크크. 지금쯤 그 새끼의 얼굴을 볼 수만 있다면 보고 싶군."
"……?"
"본인이 동생을 보냈거든."
페안은 히죽히죽 웃음을 지었다.

"류오코? 그 류오코가 바로 여기에 있단 말이다!"

그때 멀찌감치 떨어져 있던 키오의 분노에 찬 목소리가 들려왔다.

"아이쿠, 뇌신이 이제 알아버렸네."

그제야 상황이 파악된 다이텐구와 키츠네는 한순간 멍한 표정을 지었다.

"본신을 장기판 졸로 본 죄를 물어야겠지?"

폐안은 목을 우드득 꺾으며 하얀 이를 드러냈다.

"나와!"

폐안은 다이텐구와 키츠네를 우악스럽게 양옆으로 밀쳤다.

"죽기 싫으면 어쭙잖게 끼어들지 마라. 목 날아가고 싶지 않으면."

폐안은 경고를 날린 후 키오를 향해 바라보며 웃음을 지었다.

'하하하!'

그 웃음은 키오를 향한 것이기도 하였지만, 한편으로 다이텐구와 키츠네를 향한 것이기도 했다.

『키오야, 조용히 와라.』

"크르르르르, 크하아아앙!"

『본신 귀찮게 하지 말고 곱게 죽자. 응?』

페안은 호랑이의 탈을 쓴 용의 진신을 드러내며 울음을
터트렸다.

"끄윽!"

"흡!"

그 울음에 다이텐구와 키츠네는 입술을 깨물며 뒤로 물
러나야 했다.

* * *

그리고, 그 시각.

구오오오오오오!

하늘에는 검은 안개가 뒤덮여있었다.

마치 폭풍우를 동반한 먹구름처럼 말이다.

하지만 저 칙칙한 잿빛의 것들은 먹구름이 아니었다.

흑룡, 박현이 뿌려대는 기운이었다.

"캬르르르—, 샤하아아악!"

뇌신은 두려움을 덮기 위해 더욱 큰 울음을 터트렸다.

동시에 몸을 최대한 부풀리며 거대해진 모습으로 박현
앞에 섰다.

박현은 뇌신의 진신을 무심히 내려다보았다.

'뇌신의 진명이 노즈치[野槌][1]라 했던가?'

마치 지렁이를 보는 듯, 머리와 꼬리의 굵기가 같았다.

커다란 입 사이로 드러난 수십 개의 날카로운 이빨이 유달리 눈에 들어왔다.

비늘도, 뿔도, 하다못해 발톱도.

아니 수백 번 양보한다 치더라도.

'역린도 없는 용이라니.'

박현은 고개를 들어 하늘을 올려다보았다.

'아버지께서 하늘에서 울겠군. 아니 형님들이 더 분노하려나?'

어이가 없어 화도 안 날 지경이었다.

보지도 못한 아버지이지만.

고작 이런 놈에게 죽임을 당했다니.

아니 이놈이 아닐 것이다.

놈들이겠지.

뇌신, 풍신.

그리고 중국의 오룡.

우르르르— 콰과과광!

뇌신의 이름답게 그의 주변으로 번개가 몰아쳤다.

그나마 봐줄 만한 건 그의 주변으로 몰아치는, 상당히 위협적인 번개였다.

뇌신은 자신의 힘에 취한 것일까.

아니면 멍하니 자신을 보고 있는 박현이 우스워 보여서 일까.

콰르르— 콰지직 콰광!

번개는 더욱 기세를 부풀려 마치 수십 마리의 뱀 떼처럼 구불구불 박현을 향해 쏘아져 나갔다.

『훗!』

박현은 피식 웃음을 내뱉었다.

파바바바방!

번개가 박현의 몸에 틀어박히려는 그 순간, 번개들은 불꽃놀이처럼 수십 개의 불꽃으로 변하며 사그라졌다.

파지직—

박현은 몸 주변에서 꺼지지 않은 잔 불꽃을 털어내며 울음을 터트렸다.

『우습군. 고작 네놈이 한 땅의 용으로 추앙받다니.』

박현의 눈에서 시퍼런 기운이 폭사되었다.

『큽!』

뇌신은 자신의 공격을 단숨에 털어버린 박현을 보자 눈이 부릅떠졌다.

크게 부릅떠진 뇌신의 눈동자 안에 하늘을 빗살처럼 유영 치며 날아오는 박현의 모습이 담겼다.

뇌신은 재빨리 피하고자 했지만, 그에게 있어 하늘을 나는 능력은 없었다.

그저 하늘에 뜰 수 있을 뿐이었다.

뇌신은 재빨리 부양(浮揚)의 힘을 거두며 땅으로 뚝 떨어졌다.

콰아앙!

거대한 몸이 바닥으로 떨어지자 근처 가옥이며 정원이 완전히 폐허로 변했다.

"샤하아악!"

뇌신은 자신이 떠 있던 곳을 스쳐 날아가는 박현을 올려다보며 울음을 터트렸다.

우르르— 파자자작!

그리고 다시 한번 번개의 힘을 모아 날렸다.

번개가 여실히 잔 불꽃이 되어 사라지자, 뇌신은 재빨리 입을 크게 벌리며 땅으로 파고들기 시작했다.

그 속도가 얼마나 빠른지 그 거대한 몸집이 땅속으로 사라지기까지 찰나에 지나지 않았다.

하지만 박현은 만물의 힘을 담은 용.

박현은 번개의 힘을 담아 벼락처럼 바닥에 내려꽂히며 독수리의 발톱을 치켜세웠다.

콰직!

그리고 발톱으로 땅속으로 사라지는 뇌신의 꼬리를 움켜잡았다.

"쿠에에에엑!"

땅속에서 고통에 찬 비명이 터져 나왔다.

그 울음마저 낚아챈 박현은 뇌신의 몸을 강제로 땅 밖으로 끄집어냈다.

콰당탕탕— 탕!

박현은 뇌신을 바닥에 처박은 뒤 발톱으로 그의 목을 움켜잡았다.

"크르르르!"

박현의 울음 사이로 시뻘건 화염이 새어 나왔다.

『뇌신. 아니 노즈치.』

『…….』

『용 노릇을 하는 가짜용이여.』

박현의 물음에 노구치의 눈동자가 흔들렸다.

『태고의 용이자 내 아버지인 용. 그의 죽음에 대해 말하라.』

『서, 설마…….』

『…….』

『저, 절대 그럴 리가 없는…….』

푹!

박현의 발톱이 노즈치의 목 깊숙이 파고들었다.

『역시 알고 있군. 나의 아버지에 대해서.』

박현의 싸늘한 시선에 뇌신의 눈동자에 공포가 들어섰다.

*용어

1) 노즈치[野槌]: 일본을 대표하는 용은 셋이다. 뱀의 모습을 한 '용신(龍神)' 과 길고 뭉툭한 '노즈치' , 여덟 개의 머리와 꼬리를 가진 '야마타노오로치' 이다. 간혹 용신만이 용의 것과 비슷하게 표현될 때가 있으나 대체적으로 셋 모두 뱀의 모습에서 벗어나지 못한다. 하여, 필자는 뇌신과 풍신의 두 신에게 인간의 모습을 가진 용신에 각각 노즈치와 야마타노오로치의 외형을 결합하였다.

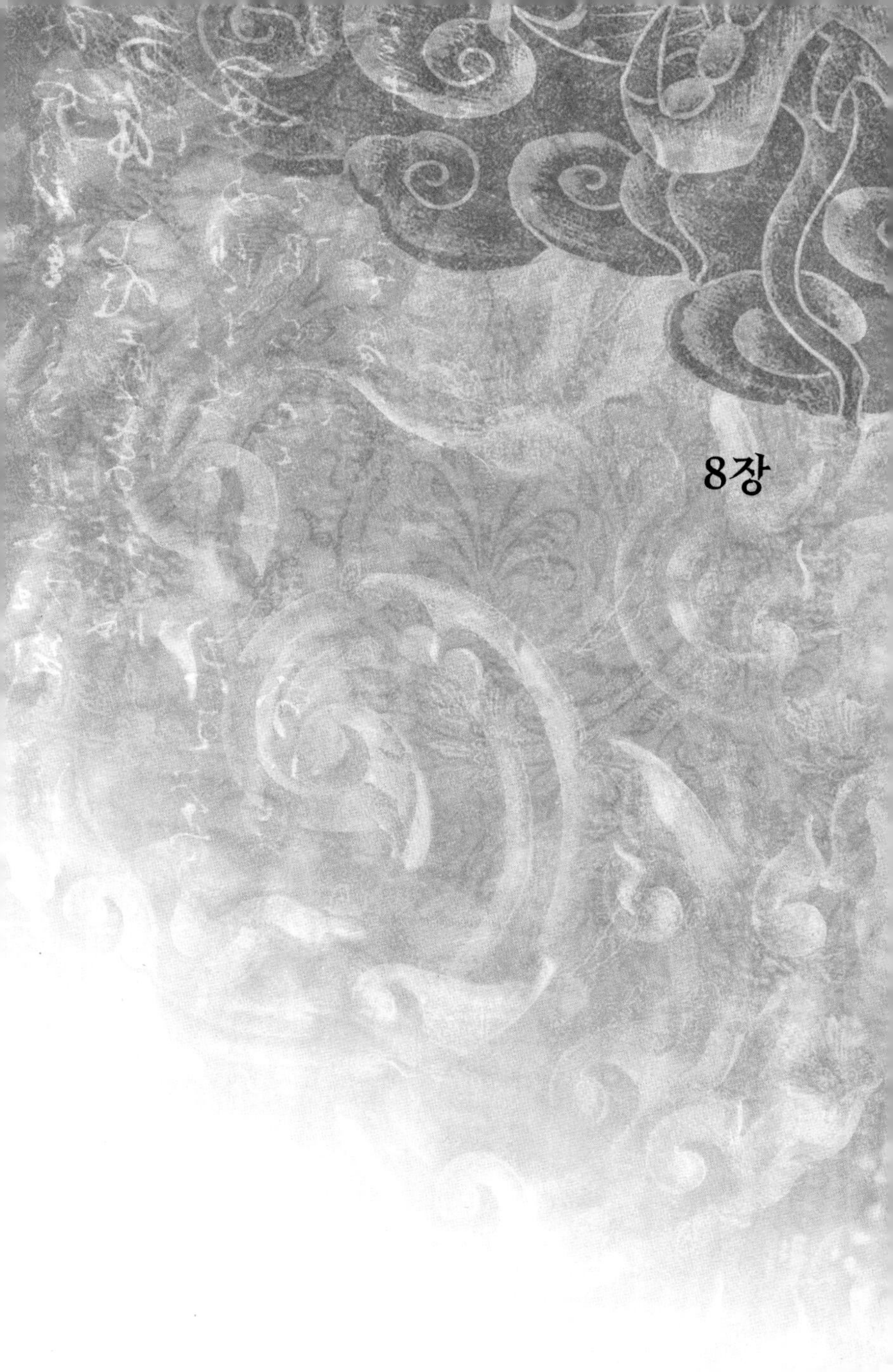

8장

『모, 모른다!』

뇌신은 고개를 마구 저으며 소리쳤다.

『몰라?』

박현은 그를 내려다보며 목을 더욱 세게 움켜쥐었다.

투둑— 투두둑!

흑룡의 독수리 발톱은 뇌신의 살갗을 더욱 깊게 파고들었다.

"사하아악!"

뇌신이 고통에 몸부림치자 그의 몸 주변으로 불꽃이 튀기 시작했다.

파지직— 파자자작!

그러한 불꽃은 더욱 거세게 일더니 곧 박현의 발을 타고 그의 몸 전체를 휘감았다.

거대한 흑룡의 몸을 집어삼킬 듯 일어난 불꽃이었지만.

"크하악!"

박현이 몸을 한 번 털자, 불꽃은 거짓말처럼 지워졌다.

『용의 이름을 훔친 삿된 뱀아.』

박현은 조소를 머금으며 나머지 팔을 뻗어 뇌신의 머리를 움켜잡았다.

까가각— 카득!

발톱이 머리를 파고들자, 뼈가 긁히고 깎이는 소리가 만들어지기 시작했다.

『끄아아악!』

뇌신이 고통에서 벗어나고자 발버둥 쳤지만, 헛된 몸짓에 지나지 않았다.

박현은 그의 머리를 단단히 찍어 누르며 씨익 웃음을 지었다.

『용이 왜 그 이름 자체만으로도 신성한 것인지 아느냐?』

박현의 눈동자에 어린 황금빛이 진해지기 시작했다.

태양처럼 밝지만, 한편으로 눈이 시리지 않은 빛.

그 빛이 뇌신의 눈으로 스며들었다.

『…….』

그러자 뇌신의 눈에 어린 공포가 더욱 짙어졌다.

하지만 전과 달리 박현의 눈을 피하지 못했다.

머리는, 감정은 박현의 눈을 피하고자 하는데, 몸은 그의 의지를 반하고 있었던 것이었다.

몸 중에서 오로지 그의 의지를 대변하고 있는 것은.

다다닥— 다닥— 다다다닥—

끊임없이 부딪히는 이빨들뿐이었다.

아니, 하나 더.

사시나무처럼 떠는 몸뚱이.

『용은 타인의 생각을 읽을 수 있거든.』

『……!』

그 말에 뇌신의 눈이 부릅떠졌다.

하지만 박현의 말은 반은 진실이었고, 반은 거짓이었다.

읽을 수 있는 기억은, 그가 지금 머릿속에 떠올린 것과, 그와 관련된 단편적인 조각들뿐이었다.

『네 입으로 말하겠느냐, 아니면 고통 속에 기억을 읽히겠느냐!』

『모, 몰라!』

박현의 말을 믿을 수 없었던 것인지, 아니면 비록 용보다는 못한 존재이나 자신 또한 천외천이기에 기억을 빼앗기지 않을 것이라 여긴 것인지 모르나.

뇌신은 강렬히 부정했다.

『누가 본인의 아버지를 죽인 것이냐!』

박현은 뇌신 앞으로 얼굴을 가져가며 용언을 터트렸다.

『……!』

뇌신의 눈동자가 다시금 흔들렸다.

콱!

그 순간, 박현은 그의 아랫목을 가차 없이 물었다.

피와 함께 떠오르는 기억들.

* * *

『끄으—.』

폐안은 쓰러져 있는 키오 앞으로 뚜벅뚜벅 걸어갔다.

턱!

폐안은 발로 그의 가슴을 지그시 눌렀다.

『오니들의 왕, 키오.』

『까드득!』

조롱 섞인 목소리에 키오는 핏물이 밴 붉은 이를 빠드득 갈았다.

『너는 이런 날이 올 줄 몰랐겠지?』

『쿨럭!』
키오는 피를 토하며 페안을 노려보았다.
『수백 년 기고만장했을 터이니.』
페안은 허리를 숙였다.
『본신이 힘이 없어 가만히 있었는 줄 아는가?』
『끄으—. 노, 농락하려거든 쿨럭— 그냥 죽여라.』
페안은 그 말에 씨익 웃으며 그의 뿔을 잡았다.
『안 그래도 그럴 참이야.』
우드득!
페안의 아귀힘에 뿔이 어그러지는 소리가 만들어졌다.
『그런데 그거 아나?』
『…….』
키오는 죽음을 직감한 듯 눈을 감았다.
『저승에 가면 너를 반겨줄 이가 있어.』
『…….』
『그 이름이 아마……. 노즈치이지, 아마?』
페안은 일부러 말 중간에 한 박자 쉬었다.
뇌신의 진명.
그 이름을 들어서였을까.
감겨있던 키오의 눈이 부릅떠졌다.
하지만 이내 눈을 다시 꾹 닫았다.

『왜, 거짓말 같은 모양이지?』

『저승에서 널 기다리겠다. 쿨럭!』

『본신을?』

『나의 복수는 나의 신께서…….』

믿지 않는 키오.

그 믿음은 그의 말이 끝나기도 전에 무참히 무너져야 했다.

"너무 여유 부리시는 거 아닙니까?"

그때 하늘에서 박현의 목소리가 들려왔다.

당연히 바닥에 누워 있는 키오의 눈에도 박현이 보였을 터.

『……!』

다시 눈을 감으려던 키오는 눈에 남은 잔상의 한 부분에 눈을 부릅떴다.

그가 보고자 했던 것이 바닥으로, 자신의 옆으로 툭 떨어졌다.

그것은 떼구르르 굴러 폐안 발치 앞에 멈춰 세워졌다.

그건 바로 뇌신의 수급이었다.

눈을 부릅뜨고 있는 뇌신의 수급은 마치 자신에게 말을 거는 듯했다.

"어서 오거라."

"가자꾸나. 저승으로."

"너는 언제나 본신과 함께로구나."

환청일까?

환청일 것이다.

머리가 잘린 이는 인간이든, 신이든 모두 죽으니까.

죽은 자는 말이 없다.

허나 너무 생생하다.

『…….』

"언제까지 본신을 기다리게 할 참이더냐! 어서 오지 못할까!"

『으아아아! 으아아아아아!』

머리만 남은 뇌신이 눈을 부릅뜨며 외쳤다.

가자고.

함께 저승으로.

환청인 것도 알고, 환시인 것도 안다.

하지만 그가 그리 보며 부르는 것만 같았다.

『끄으!』

키오는 몸을 비벼 겨우 상체를 세웠다.

손을 폐안에게 뻗은 뒤 허우적거리며 겨우 그의 허리춤을 움켜잡았다.

폐안을 올려다보는 키오의 눈은 충혈되다 못해 피눈물이라도 흘리는 것처럼 빨갛기 그지없었다.

『쿨럭!』

그리고는 피를 토했다.

『너를 시작으로 이 땅에 오니는 전부 사라질 것이야.』

『크크크크.』

폐안의 말에 키오는 그저 힘겹게 웃음을 지을 뿐이었다.

콰드드득!

폐안은 키오의 뿔을 움켜잡은 뒤 발로 가슴을 밀며 잡아당겼다.

섬뜩한 소리와 함께 키오의 목은 목에서 뜯겨나갔다.

『쯧.』

폐안은 눈을 부릅뜨고 죽은 키오의 얼굴을 잠시 쳐다본 후 혀를 차며 바닥으로 집어던졌다.

『영 마지막이 재미가 없네.』

폐안은 손을 툭툭 털며 박현을 쳐다보았다.

『……?』

박현은 자신이 아닌 자신의 뒤를 쳐다보고 있었다.

아마 다이텐구, 그리고 키츠네와 눈을 마주한 모양이었다.

폐안은 피식 웃음을 삼킨 뒤 인간의 모습으로 되돌아가며 박현에게로 다가갔다.

"이렇게 모습을 드러내도 되는 거냐?"

"어차피 며칠 후면 알게 될 터이고."

이제부터 고베 야마구치구미와 이나가와카이에 대한 대대적인 공습이 시작될 것이다.

그러면 텐구들과 사무라이들 역시 자신의 존재를 알게 될 터.

"터이고?"

"어서 빨리 풍신을 죽여야겠습니다."

박현의 말에 폐안이 눈을 부릅떴다.

"차, 찾았느냐? 흉수를?"

폐안의 목소리가 잘게 떨렸다.

"예. 완벽한 조각은 아니지만, 풍신은 확실합니다."

"크크크크크."

폐안의 입에서 음산한 웃음을 흘러나왔다.

"그래도 너와 내가 한 편이라는 건 숨길 생각 아니었나?"

"그럴 생각이었습니다만."

박현은 다이텐구와 키츠네를 노려보았다.

“……?”

“정확한 바는 아니나, 텐구와 키츠네. 저 둘 역시 관련이 있습니다.”

“뭐라?”

폐안도 시퍼런 눈빛을 머금은 채 고개를 돌려 다이텐구와 카츠네를 쳐다보았다.

*　*　*

툭—

하늘에서 뇌신의 머리가 떨어지고, 그 머리를 확인했던 순간.

“다, 다이텐구.”

키츠네가 말을 살짝 더듬으며 다이텐구를 불렀다.

“……나도 보았네.”

다이텐구는 심각한 얼굴로 뇌신의 수급을 본 뒤 고개를 위로 올렸다.

하지만 천장과 기와 처마가 상대의 얼굴을 가리고 있었다.

이미 둘에게 키오의 죽음 따위는 눈에 들어오지 않았다.

"흠."

다이텐구는 침음을 삼켰다.

누군지 알기 위해 걸음을 내디디려고 할 때, 그의 몸이 바닥으로 내려왔다.

"아는 이인가?"

다이텐구는 박현을 빤히 쳐다보며 키츠네에게 물었다.

"너도 몰라?"

키츠네는 미간을 좁히며 물었다.

"알면 물었겠는가?"

"저 새끼는 어떤 새끼야?"

키츠네는 중얼거리며 박현을 노려보았다.

"문제는 저자가 뇌신을 죽였다는 건데."

다이텐구의 말에 키츠네가 입술을 꾹 깨물었다.

이어.

키오가 죽고 폐안이 박현 곁으로 다가섰다.

* * *

"서로 얼굴도 익혔으니 갑시다, 형님."

박현은 다이텐구와 키츠네를 향해 씨익 웃어준 뒤 몸을 돌렸다.

"복수는?"

"지금은 너무 쉽습니다. 더욱 고통스럽게 죽여야지요."

박현의 말에.

"크크크."

페안이 웃음을 흘리며 다이텐구와 키츠네를 쳐다보았다.

"인사는 하고 가자."

그리고는 정중하게 무릎에 손을 얹으며 야쿠자식 인사를 올렸다.

그 말에 박현도 몸을 돌려 다이텐구와 키츠네를 향해 무릎에 손을 얹으며 허리를 숙였다.

하지만 고개는 숙이지 않았다.

다이텐구와 키츠네를 빤히 쳐다보았다.

* * *

"야!"

키츠네가 다이텐구의 발목을 툭 쳤다.

"왜 그러시는가?"

"이대로 보낼 참이야?"

키츠네는 돌아서는 둘의 등을 바라보며 은밀하게 독심어린 눈빛을 피워냈다.

"자네가 저 낯선 이를 맡을 텐가? 아님 류오코?"

"……."

다이텐구의 말에 키츠네는 입술을 지그시 깨무는가 싶더니 이내 잘근잘근 씹었다.

폐안?

이길 자신은 없지만, 그렇다고 질 것 같지도 않다.

아니, 솔직히 말하자면 비등하게 싸울 수는 있지만, 결국 반수 차이로 지겠지.

다이텐구는?

그 역시 매한가지일 터.

이기려면 적어도 자신과 다이텐구, 둘이 붙어야 한다.

문제는 뇌신의 목을 잘라온 자.

폐안보다 위일까?

그보다 뇌신을 어떻게 죽였지?

홀로 죽였나?

아님, 폐안의 수하인 시사와 호야우카무이와 함께?

어쩌면 시사와 호야우카무이가 죽이고, 저 녀석은 얼굴마담일까?

시사와 호야우카무이.

지금이야 폐안 밑에서 얌전히 있지, 둘은 풍신, 뇌신과 끝까지 싸웠던 이들이었다.

죽여야만 끝나는 전쟁에서 살아남기까지 했다.

"끌끌끌."

키츠네가 깊은 상념으로 빠지자, 다이텐구의 걸걸한 웃음이 들려왔다.

거슬리는 웃음소리에 키츠네는 상념에서 벗어날 수 있었다.

"무슨 생각이 그리 깊으신가?"

"야."

키츠네가 미간을 찌푸렸지만, 다이텐구는 별다른 표정의 변화 없이 입을 열었다.

"생각이 깊어진 걸 보면 만만치 않았음을 느꼈겠구먼."

"야! 그렇다고 그냥 두고 볼 참이야?"

"흠."

키츠네가 으르렁거리자 다이텐구는 뒷짐을 지며 침음을 삼켰다.

"지금은 림(林)일세. 숲이 되어야지."

"……?"

알 수 없는 말에 키츠네가 찌푸렸다.

"다케다 신겐의 말일세."

"나도 알아! 風林火山(풍림화산)[1]. 이게 나를 뭐로 보고."

"바람(風)을 준비해야겠구먼. 앞으로 불(火)이 되려나, 아니면 산(山)이 되려나."

다이텐구는 키츠네를 보았다.
"안 그런가?"
"뭐……. 그, 그렇지. 호호."
키츠네는 땀 한 방울을 또르르 흘리며 어색한 웃음을 터트렸다.
"호호. 호호! 호호?"
다이텐구가 담담하게 웃자, 키츠네의 웃음이 무뚝뚝해졌다가, 날카로워졌다.
"야이……. 너 다이…… 텐. ……?"
키츠네가 날을 세우려다 갑자기 입을 다물며 고개를 돌려 하늘을 쳐다보았다.
카라스텐구가 하늘에서 날개를 퍼덕이며 날아오고 있었다.
뭐가 그리 급한지 비행이 깔끔하지 않았다.
쿵!
"다이텐구!"
거칠게 착지한 카라스텐구가 다급히 다이텐구를 불렀다.
"카라스! 인간들이 보면 어쩌려고, 본신으로 온 겐가?"
"왜, 시사나 아이누카이세이가 먼저 수작이라도 했나?"
키츠네가 손가락으로 목을 그으며 이죽거렸다.
"그, 그걸 어찌……."
"……!"

"……!"

카라스텐구의 인정에 키츠네와 다이텐구는 눈을 부릅뜨며 서로를 쳐다보았다.

그때였다.

우당탕탕탕—

"아네고! 아네고!"

돌격대 대장을 맡고 있는 키요시가 키츠네를 찾으며 헐레벌떡 방 안으로 뛰어 들어왔다.

"서, 설마……."

키츠네는 키요시의 흔들리는 눈동자를 보며 입술을 지그시 깨물었고.

"하아—."

다이텐구는 한숨을 내쉬며 눈을 감았다.

"누구야?"

"모, 모시리신나이사무입니다."

"누, 누구?"

키츠네가 황당해하며 다시 물었다.

"모시리신나이사무입니다, 아네고."

"지금 그걸 말이라고 해! 모시리신나이사무가, 카이가이메를 죽였다고?"

키츠네의 목소리가 높아졌다.

“자, 잘못했습니다! 아네고!”

키요시는 바닥에 바싹 엎드리며 용서를 구했다.

“누구야? 카이가이메를 죽인 놈.”

“그게 저도 잘……

“그게 저도 잘?”

키츠네의 목소리가 올라갔다.

“처, 처음 보는 늙은이였습니다!”

키요시는 다급히 머리를 바닥에 찧으며 대답했다.

“늙은이?”

“예.”

“야! 키요시.”

“하, 하이…….”

“너 대갈빡 안 돌아가지?”

“예?”

“신들에게 있어 외형은 그저 표현의 수단인 거 알아, 몰라?”

“아, 압니다.”

“그럼 다시 질문. 늙은이라는 놈, 인간이야?”

“그, 그것이…….”

퍽!

“꺼억!”

우당탕탕탕—

"병신 새끼."

키츠네는 키요시의 옆구리를 발로 후려 차며 눈가를 찡그렸다.

"네 밥상 빼앗아간 놈 정체도 모르고."

"그만하시게."

"닥쳐!"

다이텐구가 말리자 키츠네는 쌍심지를 켰다.

그리고 다시 바닥에 엎드려 죄를 청하는 키요시를 내려다볼 때였다.

"흣!"

키츠네의 눈이 부릅떠졌다.

"이, 이런 썅!"

후화아아악!

그녀의 몸에서 더할 나위 없을 짙은 살기가 흘러나왔다.

"끄으—."

그 살기에 짓눌린 키요시의 꽉 다문 잇몸 사이로 고통스러운 신음이 흘러나왔다.

"키요시!"

"하, 하이!"

"당장 대음양사 찾아!"

"……?"

"마키타 찾으라고!"

"마, 마키타 사마 말씀이십니까?"

"끈이 끊겼다."

"……!"

키요시의 눈이 부릅떠졌다.

대음양사 마키타가 누구인가?

키츠네의 힘을 아래로 뿌리는 통로이자, 줄기가 아닌가.

그가 사라졌다면.

서서히, 미세한 구멍에 바람이 빠지는 풍선처럼 힘이 사라진다는 의미다.

"칙쇼!"

키요시는 눈을 부라리며 다급히 밖으로 튀어 나갔다.

"야!"

키츠네가 카라스텐구를 불렀다.

"……?"

"씨발, 지금 내 말 못 들었어? 당장 마키타 찾아!"

다짜고짜 명령조로 말하자 카라스텐구는 날개를 활짝 펼치며 은은한 투기를 일으켰다.

"하아—, 이 조류 새끼가!"

"그만하시게. 그대도 그만하고."

다이텐구가 둘 사이에 끼어들었다.

"다이텐구!"

카라스텐구가 불만에 찬 목소리로 그를 불렀다.

다이텐구는 그만하라고 조용히 고개를 저었다.

"협조해주게."

"칫!"

카라스텐구는 마뜩잖다는 듯 혀를 차며 짧게 키츠네를 노려본 후 하늘로 날아올랐다.

"고맙다, 땡중아."

펑!

키츠네도 곧 그 자리에서 사라졌다.

"그나저나 바람이 많이 불겠구먼. 세차게."

다이텐구는 잠시 키츠네가 서 있던 곳을 바라보다 다시 밖으로 고개를 돌렸다.

표정은 서서히 무심하게 변해갔다.

차가운 눈빛을 띠면서.

* * *

턱— 턱— 턱!

박현은 묘한 검푸른 빛을 발하는 거울을 손안에서 가지

고 놀며 생각에 잠겨 있었다.
"못 보던 거울인데?"
폐안이 거울을 흘깃 쳐다보며 물었다.
"뇌신의 목을 갈랐더니 이게 나오더군요."
"뇌신?"
폐안이 눈빛을 반짝이며 유심히 거울을 쳐다보았다.
"청동인가? 돌인가? 묘한 빛이군."
폐안이 거울로 손을 뻗자.
파지직!
거울은 폐안의 손길을 거부한다는 듯 스파크가 튀었다.
"흠."
폐안은 대수롭지 않게 스파크를 튕겨내며 거울의 손잡이를 잡자, 스파크가 커졌다.
그럼에도 폐안이 손을 놓지 않자.
우르르― 콰직 콰지직!
스파크는 번개처럼 커졌다.
"큽!"
눈앞에서 번개가 휘몰아치며 몸을 직격하자, 폐안은 얼굴 한쪽을 찡그리며 얼른 손을 놓았다.
그러자 언제 그랬냐는 듯 별로 특이할 것 없어 보이는 거울로 돌아갔다.

폐안은 저릿한 오른손을 주무르며 박현을 쳐다보았다.
"노즈치가 신의 힘을 얻은 원천으로 보이는군."
"번개를 다루는 용, 뇌신으로 삿된 변신을 할 수 있었던 이유겠죠. 이 녀석이."
박현은 거울을 허공으로 툭 던졌다가 잡았다.
"번개를 담은 거울이라."
폐안은 거울과 거리를 둔 채 유심히 거울을 살폈다.
"재질이 묘했어. 다시 한번 만져보고 싶기는 하지만."
폐안은 여전히 저릿한 기운에 눈매를 일그러트렸다.
"준비 마쳤다."
그때 알록달록한 무당 옷을 차려입은 조완희가 다가왔다.
"그래?"
박현이 거울을 아공간으로 넣으려는 그때였다.
"웬 거울이야?"
"왜?"
"신의 힘을 담고 있는데. 그것도 상당한."
조완희는 거울로 바투 다가서서 살폈다.
"뇌신의 목을 베니 튀어나오더군."
"흠."
조완희는 턱을 쓰다듬으며 거울을 천천히 눈으로 훑었다. 그리고 조심스럽게 손을 뻗어 거울을 받아들였다.

"어?"

자신과 달리 거울이 아무런 반응을 보이지 않자 폐안이 미간을 좁혔다.

"고대의 기물로 보이는군."

조완희는 다시 박현에게 거울을 넘기며 물었다.

"손을 타지?"

"어."

"영(靈)을 가진 무구다. 그것도 고대의 것이야."

"혹시 무엇인지 알 수 있을까?"

"나야 일본에 관심이 크게 없어 잘 모르겠지만, 어르신들이라면 알지도 모르겠군. 일제를 겪었으니까."

"굿판 끝나고 여쭤보면 되겠군."

박현은 고개를 끄덕이며 자리에서 일어났다.

그리고 잠시 거울을 내려다본 후 아공간으로 넣었다.

"대음양사는 일어났나?"

"방금."

조완희의 대답에 박현은 씨익 웃으며 걸음을 옮겼다.

*용어

1) 風林火山(풍림화산): 풍림화산. 일본 전국시대 무장, 다케다 신겐이 손자병법을 읽고 감명을 받아 재해석한 문구이다. 군사를 움직일 때에는 질풍처럼 날쌔게 하고, 나아가지 않을 때에는 숲처럼 고요하게 은신하며, 적을 칠 때는 불처럼 맹렬해야 하며, 수신할 때에는 산처럼 묵직하게 지켜야 한다는 뜻을 담고 있다.

9장

"……!"

마치 깜깜한 밤에 전등이 켜진 것처럼, 마키타는 정신을 차리며 눈을 번쩍 떴다.

'끄으—.'

머리가 깨질 듯 아팠다.

고통에 머리를 털자, 정신을 잃기 전의 기억이 물밀 듯이 밀려왔다.

마키타는 고개를 번쩍 들며 사방을 살피고자 했다.

하지만 행동이 부자연스러웠다.

덜컹— 덜컹— 덜컹!

자신의 움직임에 따라 앉고 있는 의자가 들썩였다.

그것뿐인가.

"읍읍! 읍!"

뭔가 소리를 내려 했지만, 테이프로 입을 막은 것인지.

답답함을 넘어 숨을 죄여오는 듯한 느낌이 들었다.

마키타는 재빨리 주변을 훑었다.

보이는 건 칙칙한 회색과 창문을 가린 검은 커튼이 다였다.

불안감이 더욱 높아진 것인지 마키타의 눈동자는 어지럽게 흔들렸다.

깊은 숲속.

제법 큰 공터, 중앙에 나무판자로 만들어진 간이 건물이 덩그러니 세워져 있었다.

그리고 그 주변에 네 명의 장년인들이 저마다 특성을 살린 무당옷을 입고 자리하고 있었다.

박현이 모습을 드러내자, 그들은 눈인사로 인사를 대신했다.

"이런 기발한 생각을 하실 줄 몰랐습니다."

고미호가 다가왔다.

"최대한 흔들어놨겠지?"

"보시다시피 불안이 극에 달했을 겁니다. 당장이라도 도망치고 싶을 정도로 말이죠."

고미호의 말에 박현은 기운을 눈에 집중해 빈 건물 안을 살폈다.

그녀의 말대로 빈 사무실로 꾸며진 건물 안에는 불안감으로 떠는 마키타의 모습이 보였다.

"준비됐다."

조완희의 목소리에 박현이 무문 소속의 무당과 법사들을 한번 일견했다.

서양에서는 펜타그램(Pentagram)이라 불리는 오망성(五芒星), 동양에서는 오행(五行)으로 표현되는 다섯 꼭지에 각각 자리를 잡고 있었다.

"시작하겠습니다."

조완희가 눈을 마주한 뒤 고개를 크게 끄덕였다.

따다당— 툭탁!

"얼쑤!"

첫 시작은 무문두 법사 환오였다.

징— 징— 징—

장구 소리에 징이 소리를 덧댔고, 꽹과리가 흥을 돋웠다.

법사 셋이서 잽이 노릇을 하며 악기의 음에 신력을 돋우자.

차장— 창— 창!

휠체어에 앉아 있던 만신 이화가 쌍칼을 서로 부딪쳐 자신의 신력을 드러냈다.

그러더니 허공으로 훌쩍 몸을 튕겨 작두칼 위로 올라탔다.

촤라라라랑—

마지막으로 조완희가 무당방울을 울려 부정굿[1]의 시작을 알렸다.

하지만 이곳은 대별왕이 다스리는 한반도가 아니었다.

굿판이 제대로 펼쳐지지 못하는 곳.

그 발판을 박현이 마련했다.

쿵!

박현은 발을 굴려 강력한 결계를 친 후, 그 안에 조완희가 준 부적을 뿌렸다.

고오오오—

신나는 사위가 떠도는 공기가 바뀌었다.

"이 땅에 우리의 신이 오시는구나!"

가장 먼저 신기를 느낀 건 작두 위에 몸을 날린 만신 이화였다.

그녀는 칼날 위에서 2~3m가량 훌쩍훌쩍 뛰며 쌍칼을 신명 나게 휘둘렀다.

그녀의 몸짓에 맞춰 장구와 징, 꽹과리의 소리가 고조되기 시작했다.

촤라라랑—

"영정가망, 부정가망 진위를 허소사……."

조완희가 굿판을 열었다.

"내 귀여 조산은 공수허시아……."

조완희가 무당방울을 하늘로 집어던지자 언월도가 아공간에서 튀어나왔다.

파라라랑!

조완희가 언월도를 휘두르자 칼날이 파르르 떨렸다.

쐐애액!

칼날에서 검기가 튀어나와 간이건물 네 귀퉁이를 절삭하자.

쿵! 쿵! 쿵! 쿵!

네 개의 벽면이 밖으로 쓰러지며 대음양사 마키타의 모습이 드러났다.

신기에 가장 민감한 이를 중 하나인 마키타는 무당굿판의 신기에 휘말려 경기를 일으키고 있었다.

"누추한 부정을 다 가셔내시고 더운 부정을 가셔내시옵고! 잔 한잔에 흔감하시기를 바라옵니다!"

쐐애애액!

언월도가 마키타의 정수리에 떨어졌다.

쩡!

마치 정이 종을 친 듯 맑은 소리가 만들어졌다.

쩌정— 쩌저정!

그 맑은 소리는 첫음절뿐이었다.

이어진 소리는 맑음이 깨져가는 소리로 변해갔다.

그리고 깨져가는 소리의 끝은.

파장창창!

파음이었다.

"꺼억!"

마키타는 사지에 경련이 인 듯 육신을 뒤틀었다.

'지금!'

조완희는 굿판 옆에서 대기하고 있던 고미호를 쳐다보았다.

'호호!'

고미호는 그 눈빛에 소리 없는 웃음을 흘리며 훌쩍 몸을 날렸다.

그녀의 손은 빠르게 수인(手印)을 맺으며 마키타를 향해 몸을 날렸다.

마키타 앞에 사뿐히 내려앉은 고미호의 양손에는 귀광이

넘실거리고 있었다.

"끄읍! 끄으으!"

고미호는 입꼬리를 말아 올리며 귀광이 맺힌 양손으로 그의 눈과 이마를 찍듯 움켜잡았다.

"구호(九狐)의 도(道), 환(幻)!"

스스슷—

그녀가 맺은 환술의 환영이 그의 눈과 귀, 머릿속으로 스며들었다.

"으아아악!"

강제로 머릿속이 헤집어지자 마키타는 괴로운 듯 몸부림치다 축 늘어졌다.

그리고 잠시 후.

"헙!"

마키타는 눈을 부릅뜨며 깨어났다.

눈이 침침한 것인지, 아니면 바로 정신을 차리지 못한 것인지 마키타는 얼굴을 찌푸리며 눈을 몇 차례 감았다 떴다.

"꿀꺽—."

누군가가 긴장된 듯 마른침을 꿀떡 삼켰다.

그리고 마키타가 앞에 선 고미호를 쳐다보았다.

흐릿한 인형이 몇 번 초점이 흐려지기를 반복하다 선명해졌다.

"……키, 키츠네 사마."

마키타는 앞에 선 고미호를 보자 눈물을 주르르 흘렸다.

"죄, 죄송합니다. 죄송합니다."

그는 고개를 아래로 떨어뜨리며 흐느꼈다.

"왜 울지?"

"키츠네 사마께서……."

"아네고라 불러."

"아네고. 아네고께서 주신 신력이 깨졌습니다."

고미호는 마키타에게 바투 다가서서 그의 뺨을 쓰다듬었다.

"걱정 말아라. 그깟 이어진 신력이야 다시 이으면 될 것이 아니냐."

"……아네고. 끄읍!"

마키타는 울음을 참기 위해 입술을 깨물었다.

"마키타!"

"하, 하이!"

"너를 이렇게 만든, 조선의 구미호를 반드시 죽여야 한다!"

고미호는 자신이 말을 내뱉으면서도 마음에 안 드는지 뺨을 씰룩거렸다.

"하이! 반드시 죽여 버리겠습니다."

"마키타!"
그때 박현이 그의 앞에 섰다.
"오, 오야붕! 죽을죄를 지었습니다!"
마키타는 자리에서 벌떡 일어나 박현 앞에 바싹 엎드렸다.
"오늘 치욕을 잊지 마라!"
"하이!"
"내 네게 걸었던 금기를 풀어주마!"
"그, 금기 말씀이옵니까?"
"그래!"
"하지만 꼭두각시의 술(術)은 너무나도 위험하여……."
그 순간 박현의 눈빛이 반짝였다.
《무조건 하라 하십시오!》
무문두 환오 법사의 전음이 들려왔다.
"허한다!"
"오, 오야붕!"
"왜 본인이 네게 금기의 해제를 허한 것인지 알겠지?"
"반드시 조선의 구미호를 죽이겠습니다."
"거기에 나미카와카이의 오야붕도 죽여라!"
"나미카와카이의 오야붕 말씀이십니까?"
"그가 이 일의 원흉이다!"

"하이! 신의 목을 걸고 반드시 둘의 목을 취하겠습니다."

마키타가 바닥에 머리를 찧으며 다짐을 할 때.

고미호가 박현의 어깨를 톡 건드렸다.

뒤로 빠지라는 의미.

박현이 뒤로 빠지자 고미호는 눈에서 신광을 뿜어내며 마키타의 머리에 손을 얹었다.

쏴아아아아—

고미호의 기운이 마키타의 몸으로 스며들기 시작했다.

"……!"

편안한 표정으로 고미호의 기운을 받아들이던 마키타의 눈이 부릅떠졌다.

고미호를 올려다보는 마키타의 눈동자는 뭔가 불안하게 흔들렸다.

"왜 그러지?"

그 표정에 고미호가 싱긋 웃으며 물었다.

"아, 아네고의 기운이……."

"나의 기운이 왜?"

"이, 이상합니다. 낯설 리가 없는데."

마키타는 머뭇거리며 말했다.

"그래?"

그 말을 하며 고미호는 조완희에게 눈빛을 보냈다.

"한번 끊어졌던 반발에 의한 느낌일 수 있다."

"아—."

궤변이라면 궤변.

하지만 이지가 흐려진 터라 마키타는 아무런 의심 없이 그 말을 받아들였다.

"그렇군요."

"그렇기에 고통스러울 수 있으니 참아야 한다."

"하이."

"무너진 걸 다시 복구하는 것이니."

"하이!"

마키타는 이를 꽉 깨물며 정자세를 취했다.

"다시 시작합시다."

조완희가 조용히 입을 열었다.

차라라랑—

조완희의 방울이 다시 울리고.

법사들의 장구와 징, 꽹과리가 흥을 돋우며, 그 흥 위에 만신 이화가 칼춤을 벌였다.

그렇게.

고미호의 신기를 마키타에게 강제로 내려앉히는 내림굿[2]이 시작되었다.

"……산간에 그늘이 졌소, 용가신데 물이로다! 물이라 깊소건마는 만경창파가 물이로다!"

좌라라라랑—

조완희의 무당방울이 요란한 소리를 만들며 마키타의 머리를 뒤흔들었다.

"말루하 영검수로는 깊이 모르는구나!"

"끄으으!"

마키타는 그 울림에 따라 몸을 흐느끼며 등이 활처럼 휘어졌다.

차랑!

조완희가 무당방울을 크게 치며 소리를 거뒀다.

쇄아아아—

그러자 마치 시간이 멈춘 듯 사위는 침묵에 잠겼다.

"어느 신이 드셨느냐?"

우르르 쾅쾅— 마치 벼락과도 같은 조완희의 목소리가 터져나왔다.

"전지전능하신 술(術)의 대모이신 백면금모구미의 여우께서 드셨사옵니다."

마키타는 몸을 부르르 떨더니 바닥으로 툭— 허물어졌다.

"호호호호!"

고미호는 그런 마키타를 내려다보며 요염한 웃음을 터트린 뒤, 박현을 쳐다보았다.

박현은 흡족한 표정으로 고개를 끄덕였다.

*　　*　　*

"환술이 제대로 걸린 거겠지?"

박현은 마키타와 함께 떠나는 고미호의 뒷모습을 보며 조완희에게 물었다.

"환술은 여우 일족의 특기죠. 더욱이 고 장로는 아홉의 여우이니, 걱정하지 않아도 될 겁니다."

그러나 답은 뒤에서 들려왔다.

무문두 환오 법사였다.

박현을 고개 돌려 환오 법사를 보자, 그는 예를 갖춰 허리를 숙였다.

"안 그래도 본인이 묻고 싶은 게 있었는데."

"말씀하시지요."

"꼭두각시의 술, 대충 어떤 것인지 감은 오는데 정확히 어떤 술인가?"

"꼭두각시의 술은, 일본 고대에서부터 전해지는 금기의 술입니다. 그러한 술이 널리 퍼진 게 일본 전국시대입니다."

"전국시대라."

"아군도 적군도 없는, 살육의 시대이니 잡아먹기 위해서라도, 잡아먹히지 않기 위해서라도 강한 군대가 필요한 시대였지요."

환오 법사는 차분히 '꼭두각시의 술'에 대해 설명하기 시작했다.

"하지만 그저 강하기만 해서는 안 된다 여겼습지요."

"그래서 군대를 꼭두각시로 만든다?"

"목숨이 끊어질 때까지 적을 죽이는 살인병기로 만드는 술입지요."

박현은 고개를 끄덕였다.

"키츠네와 고베 야마구치구미를 이어주는 기둥은 오직 하나, 마키타뿐이니, 이제 고베 야마구치구미의 전 조직원이 용님의 뜻에 따라 움직일 것입니다."

"정확히는 본인이 아니라 고미호겠지."

"용님의 뜻이 곧 고 장로의 뜻이 아니겠습니까?"

그 말에 박현의 입가에 미소가 지어졌다.

"그나저나, 무문두."

"예."

"그대는 일본의 고대 무구에 대해 잘 아는가?"

박현은 뇌신의 몸에서 나온 거울을 떠올리며 물었다.

"일단 자리를 옮기자."

조완희의 말에 박현과 환오 법사는 근처에 쳐놓은 천막 아래로 향했다.

그곳에는 굿판을 벌인 뒤 쉬고 있는 법사들과 이화가 있었다.

박현이 자리를 잡자, 환오 법사가 그들을 불러 함께 동석했다.

"어떤 거울을 말씀하시는 것이온지."

환오 법사가 조심스럽게 물었다.

"본인에게 지금부터 보고 들은 건 당분간 머릿속에서 지워야 할 것이야."

"알겠습니다."

박현은 확답을 들은 후, 아공간에서 거울 하나를 꺼냈다.

거울을 마냥 들고 있기가 그래서 박현은 근처 의자 하나를 끌어와 모두 볼 수 있게 위에 올려놓았다.

"흠."

젊은 법사 하나가 거울로 손을 뻗으려 하자, 환오 법사가 그의 손목을 잡아 제지시켰다.

"기물은 함부로 손을 대는 게 아닐세."

"……?"

"자칫 죽을 수도 있어."

환오 법사의 말에 젊은 법사가 눈매를 가늘게 만들며 거울을 살폈다.

"……!"

그제야 거울 속에 숨겨진 어마어마한 힘을 느낀 탓인지, 눈동자가 부릅떠졌다.

동시에 그의 관자놀이로 식은 땀방울이 주르르 흘러내렸다.

"신묘함이 느껴지는 무구로군요."

환오 법사가 좀 더 얼굴을 가져가 거울을 살폈다.

그때였다.

"이, 이건!"

만신 이화.

뒤늦게 휠체어를 밀어 다가선 그녀가 거울을 보자마자 경악스러운 표정을 지었다.

"요, 용님."

만신 이화는 박현을 쳐다보며 말을 더듬었다.

"어, 어디서 이것을……."

"무엇인데 그러십니까?"

환오 법사는 선배인 만신 이화에게 높여 물었다.

하지만 만신 이화는 그에게 전혀 눈길조차 주지 않고 박현의 입을 주시했다.

“그대들도 곧 알게 되겠지만, 뇌신이 죽었다.”

“헙!”

“헛!”

경악성이 터져 나왔다.

뇌신이 죽었다.

그 말은 곧 박현이 그를 죽였음을 의미했다.

“뇌신, 노구치의 몸에서 나왔어. 그리고.”

박현은 손을 뻗어 거울을 잡았다.

파지직!

거울에서 불꽃이 튀었다.

“본인이 짐작하기에, 뇌신의 힘의 원천이 아닐까 싶어.”

박현은 다시 거울을 내려다보며 만신 이화를 쳐다보았다.

“그대는 이 거울에 대해 아는 모양인데.”

“죄송하지만 뒷면을 보고 싶습니다.”

확인하고픈 것이 있는 모양이었다.

박현은 흔쾌히 거울을 뒤집어 뒷면을 보여주었다.

뒷면의 무늬는 매우 묘했다.

청동 특유의 푸른빛에 흑석(黑石)의 검은빛이 묘하게 어울리며 하늘과 구름, 그리고 번개를 그려내고 있었다.

“야타노카가미[八咫鏡]…….”

만신 이화가 중얼거렸다.

"……?"

"야타의 거울입니다."

"야타의 거울?"

"일본의 삼종신기(三種神器) 중 하나라 보여집니다."

"……?"

"일본의 신화에 등장하는 삼대 무구다."

박현이 언뜻 이해를 하지 못한 표정을 짓자, 폐안이 설명을 해주었다.

"쿠사나기노타치(草那藝之大刀)라 불리는 쿠사나기의 칼[草薙劍, 초치검], 야사카니노 마가타마(八尺瓊勾玉)라 불리는 야사카니의 굽은 구슬[八尺瓊曲玉, 팔척경곡옥], 그리고 이 거울이지."

"흠."

"야타의 거울은 빛을 상징합니다. 그 빛은 뇌전의 힘을 가지고 있습지요."

만신 이화.

"이 세 가지의 무구는 일본왕이 하늘의 자손임을 상징하는 무구이며, 계승식에서 이 삼종신기를 물려받음으로 일왕의 위엄을 얻게 됩니다."

"그렇군."

“하지만, 용이시여.”

“……?”

“일왕의 계승식에 이 삼종신기가 모습을 드러내나, 누구도 삼종신기를 본 자는 없습니다.”

“그런 무슨 소리지?”

“비단에 감싸져 있을 뿐, 실체를 드러낸 적이 없다는 뜻입니다.”

“그 이유가 바로 이것이고?”

“삼종신기는 너무나도 귀한 하늘의 것이기에 일왕도 볼 수 없다는 말이 있습니다.”

“자신의 것을 자신이 못 본다? 하하, 하하!”

박현은 어이가 없어 웃음을 터트렸다.

“없으니 못 보는 것이겠지.”

“그런 듯합니다.”

이화 만신이 고개를 끄덕였다.

“그렇다면 풍신, 그 녀석의 꼬리에도 쿠사나기의 검이 있겠군.”

폐안.

“……?”

“쿠사나기의 검은 야마타노오로치의 꼬리에서 나온 검이야. 야마타노오로치는 풍신의 진명이고.”

톡톡톡—

박현은 간이의자의 팔걸이를 손가락으로 톡톡 두들겼다.

"아마 다시 검을 삼켰을 거야."

"뱀이 용의 흉내를 내고 있다면 그것 말고는 없겠죠."

박현은 고개를 돌려 만신 이화를 쳐다보았다.

"그럼 나머지 하나. 그건 어디에 있을까요?"

"그건 신도 모르겠사옵니다."

"일왕궁, 아니면……."

"아니면?"

"백면금모구미의 여우, 키츠네겠지."

폐안이 말했다.

"그년이 악행을 저질렀지만, 구미호로서의 한계는 벗어나지 못했었어. 그런데, 일본 땅을 밟고 얼마 지나지 않아 천신의 반열에 올랐지."

"하지만, 풍신과 뇌신에 비해 격이 떨어지지 않나요?"

박현이 고개를 갸웃거리며 물었다.

"그래서 애매해."

"흠."

박현은 턱을 쓰다듬으며 침음성을 삼켰다.

"일단 일왕궁의 보고부터 털어봐야겠군요."

박현이 씨익 웃었다.

"그 전에."

박현이 거울을 들고 자리에서 일어나며 하늘을 올려다보았다.

파란 하늘이 결계 때문에 짙은 남색으로 보였다.

"뭐하려고?"

폐안이 물었다.

"삿된 뱀이 용으로 신격화가 될 정도니."

박현이 거울을 저글링을 하듯 거울을 던졌다가 다시 잡았다.

"설마?"

폐안의 말에 박현이 씨익 웃으며 허공으로 날아올랐다.

그 후 거울을 하늘에 툭 던져놓은 후 육신의 껍질을 깨고 진체를 드러냈다.

구오오오오오!

거대한 기운이 결계를 빠져나가지 못하자 거센 바람이 되어 휘몰아쳤다.

"크으!"

"큽!"

기운에 눌린 법사들과 만신 이화는 고통스러운 표정을 드러냈다.

"허허, 녀석."

폐안은 그 기운에 어이없다는 듯 웃음을 지으며 자신도 기운을 끌어올려 자신을 짓누르는 박현의 기운을 부드럽게 밀어냈다.

그리고 그 범위를 좀 더 넓혀 고통스러워하는 법사들과 만신 이화, 그리고 조완희를 보호했다.

그러는 사이.

"크르르르르!"

용의 모습으로 현신한 박현은 눈앞에 둥둥 떠 있는 거울을 쳐다보았다.

그 눈빛을 느낀 것인지.

콰르르르— 콰광!

거울 주변으로 번개가 휘몰아쳤다.

"크하앙!"

박현은 거울을 끌어당겨 입으로 가져가 꿀떡 삼켰다.

파지지직!

그러자 거울이 만들어낸 번개가 박현의 얼굴을 시작으로 꼬리로 이어졌다.

팟—

그러더니 갑자기 번개가 툭 사라졌다.

아니 정확히는 번개가 박현의 몸으로 스며들었다.

동시에 박현의 눈이 부릅떠졌다.

고통인지, 희열인지 모르나 박현은 눈에 띄게 몸을 바르르 떨었다. 그리고 그의 몸은 구부정하게 안으로 말렸다.

그렇게 한참을 파르르 떨던 것도 잠시.

번쩍!

박현이 눈을 뜨자 태양처럼 시퍼런 빛이 뿜어져 나왔고.

"크하아아아악!"

거대한 울음을 토하며 몸을 활짝 펼치자.

우르르르르 콰과과과광!

그의 주변으로 엄청난 번개가 휘몰아치며 내리꽂혔다.

* * *

파지지직—

인간의 모습으로 돌아간 박현의 몸 주변으로 잔 불꽃이 일렁였다.

그러한 불꽃도 박현이 바닥에 발을 딛자 이내 사라졌다.

"어떠냐?"

폐안이 다가와 물었다.

"좋군요."

박현이 주먹을 말아 쥐자, 손에서 불꽃이 일었다가 사그라졌다.

"큰 도움이 될 것 같으냐?"

폐안이 궁금해하는 게 바로 그것이었다.

박현은 이미, 아버지의 힘을 물려받은 용이었다.

지고지순하고, 아시아에서는 적수를 찾기 힘든 고고한 존재였다.

거기에 낯선 힘이 더해진다?

과연 상승효과를 일으킬 수 있을지.

아니면.

"어디 불협(不愜)은 없고?"

동시에 걱정이 되는 부분이었다.

혹여나 순수함에 이질적인 불순의 찌꺼기가 끼는 것이 아닌가 하는. 그래서 서로의 힘을 상승시키는 것이 아니라, 서로의 힘을 깎아 먹지는 않을까 하는.

"형님."

"왜?"

박현이 진중한 표정으로 그를 부르자, 혹여나 잘못되었을까 폐안은 철렁한 표정을 지었다.

"다 먹어야겠습니다."

"……?"

폐안은 순간 의아한 표정을 지었지만, 이내 박현의 뜻을 알아차렸다.

"하하! 푸하하하하!"

페안은 대소를 터트렸다.

"일본의 삼종신기를 다 먹겠다?"

의미 없는 물음이기에 박현은 그저 입꼬리를 살짝 말아 올려 답을 대신했다.

"우리 적자께서 일본 자체를 집어삼키려는구나."

"그럼 뒷정리 좀 부탁드립니다."

박현은 허공을 밟으며 그 자리에서 사라졌다.

그리고 그가 향한 곳은 일왕궁이었다.

*　　*　　*

도쿄.

중심의 긴자거리.

저벅 저벅 저벅 저벅!

거리의 시끄러움이 발걸음 소리를 죽일 법도 하건만, 발걸음 소리는 부산하고 소란스러움을 뚫고 튀어나왔다.

"꺄아악!"

"헉!"

"도, 도망쳐!"

지나가는 행인들은 무슨 일인가 싶어 고개를 돌렸다가

소스라치게 놀랐다.

대로(大路).

검은 양복을 입은 야쿠자들이 떼를 지어 모습을 드러냈다.

그 수만 족히 수백 명.

아니 일천은 되어 보였다.

차로를 가득 채운 일천 명의 야쿠자들이 시퍼런 살기를 내뿜으며 걷고 있었다.

중구난방으로 대로를 채우고 있었지만, 어딘가 모르게 일사불란했다.

거리를 채우던 행인들은 혼비백산해서 자리를 피하기 급급했지만, 조금만 자세히 그들을 살피면 뭔가 이상함을 느꼈을 것이 분명했다.

그들은 우악스럽게 주변을 위협하지도 않았고, 소리를 지르는 등 사람들로 하여금 주눅이 들 만한 행위는 일절 없었다.

그저 입을 꾹 닫은 채 묵묵히 걸음을 내딛고 있을 뿐이었다.

거기에 하나 더.

그들은 하나같이 텅 빈 눈동자를 가지고 있었다.

마치 좀비 떼처럼 그들은 정처 없이 선두가 이끄는 대로 걷고 또 걸을 뿐이었다.

다만 좀비들과 다른 점은 하나.

모두가 악귀처럼 시퍼런 살기를 흘리고 있다는 점이었다.

그리고 그들의 뒤편.

현대 문명에는 어울리지 않을, 아니 보기 어려운 화려한 가마가 사람 머리 높이 위로 떠 있었다.

스무 명 남짓한 건장한 체구의 야쿠자들이 가마를 메고 있었고, 그 위 붉은 비단 방석에 고미호가 앉아 있었다.

"……저기, 아네고."

가마 옆에서 걸음을 맞추던 마키타가 머뭇거리다가 입을 열었다.

"왜?"

고미호는 부채를 저으며 시선을 아래로 내렸다.

"이, 이렇게 가도 되는 것인지."

"안 될 건 또 뭐야?"

"사, 사람들의 이목이."

마키타는 자신의 생각을 말했지만, 끝까지 내뱉지는 못하고 말꼬리를 흐렸다.

"마키타."

고미호는 부채를 착 접었다.

"……하이."

"남들이 이 행차를 뭐라고 볼 거 같아?"

"그거야……."

마키타와 눈이 마주친 순간, 고미호의 눈에서 귀광이 번질거렸다.

"영화처럼 보이지 않아?"

"……?"

"누가 이걸 보고 실제라고 여기겠어? 영화를 찍는구나 싶겠지. 안 그래?"

"아!"

고미호의 환술에 마키타의 눈이 흐려지더니, 이내 그가 갑자기 환하게 웃으며 고개를 끄덕였다.

"생각해보니 그렇습니다, 아네고."

촥—

고미호는 부채를 다시 펼쳤다.

"서두르자. 느긋한 것도 좋지만, 지루함은 싫으니."

"하이!"

마키타는 과장되게 복명하며 수인을 맺어 손에 기운을 맺은 뒤, 신장대를 잡아 흔들었다.

쏴아아아—

종이 술들이 바스락거리며 기운이 야쿠자들에게로 흩뿌려졌다.

저벅저벅— 저벅저벅—

그러자 야쿠자들의 걸음이 좀 더 빨라졌다.

"언니."

그런 그녀의 곁에 미랑이 모습을 드러냈다.

"괜찮겠어요?"

미랑이 마키타를 흘깃 쳐다보며 물었다.

"뭐가?"

"환술이 너무 강해서요. 저러다 혼이 깨지는 건 아닌지."

"깨지면 어때?"

고미호는 마키타를 일견하며 비릿하게 웃었다.

"연천할매랑 홍화는?"

"노구화호랑 불여우들도 이를 갈고 있어요."

"하긴 키츠네, 그년이 어지간히 악독하게 굴었어야지."

고미호의 눈에서 시퍼런 살기가 피어났다.

"하지만 아직 키츠네의 자취를 발견하지 못했다고 했어요."

"괜찮아."

고미호는 부채로 미랑의 이마를 가볍게 콕 찍었다.

"그 계집이 자신의 터가 무너지는데 안 나타날까? 거기에 눈에 불을 켜고 저놈을 찾아나섰을 텐데."

빙그레 웃던 고미호의 미간이 표독스럽게 모아졌다.

"네가 가마 타고 여우 집을 무너트리고, 어린 여우들을 잡아먹은 것처럼, 나 역시 너의 터를 가마 타고 뭉개고 너의 병졸들을 망가트려 줄 테야!"

고미호는 이를 빠드득 갈았다.

"호호호호!"

고미호는 일천 명의 야쿠자들을 쳐다보며 서슬 퍼런 웃음을 터트렸다.

"수십 년 묵은 한을 오늘에서 푸는구나."

고미호가 서슬 퍼런 웃음을 터트리자, 마키타가 흘깃 그녀를 쳐다보았지만 아무런 감정의 변화가 없었다.

"성주께는 연락드렸나요?"

"아차차!"

미랑의 말에 고미호는 부채로 제 머리를 찧으며 스마트폰을 꺼냈다.

박현은 하늘 위에 떠서 일왕궁을 내려다보고 있었다.

일왕궁 깊숙한 곳, 내궁은 크게 품(品) 형태를 띠고 있었다.

중앙은 일왕의 거처이며, 양 두 궁은 뇌신과 풍신의 거처였다.

보고의 위치는 일왕의 거처 아래, 지하라 하지만 정확하게 알려진 바는 없었다.

박현의 시선이 슬쩍 오른쪽으로 향했다.

붉은 기둥의 별궁.

풍신이 머무는 적풍궁이었다.

'어찌할까?'

박현은 적풍궁을 내려다보며 눈매를 가늘게 만들었다.

풍신과 마주칠 위험을 무릅쓰고 잠입을 할 것인가, 아니면 원래 작전대로 풍신을 밖으로 유인한 뒤 보고를 찾을 것인가.

고민을 하고 있는데.

'음?'

저릿한 시선이 느껴졌다.

시선이 시작된 곳은 적풍궁.

물론 적풍궁은 아무도 살지 않는 곳처럼 아무런 인기척이 없었다.

풍신은 그저 낯선 자신의 기운을 느끼고, 주시하는 것이리라.

'제법인데?'

기운을 감춘다고 감췄는데, 거리가 있어 방심했더니 미약하게 흘린 기운을 감지한 것이었다.

뇌신과는 격이 다르다는 것인가?

자신을 향한 풍신의 기운이 서서히 뚜렷해지기 시작했다.

기척을 완전히 잡은 것이었다.

박현은 씨익 웃으며 혀로 입술을 핥았다.

풍신의 기운 속에 숨겨진 예리함을 느낀 탓이었다.

그 예리함은 칼날의 차가움이리라.

여덟 개의 머리, 여덟 개의 꼬리.

목숨 또한 여덟 개.

하지만 꼬리 속에 숨겨진 한 자루의 칼날.

박현도 그 기운을 마주하며 어찌할까 고민할 때였다.

드르르—

품속에서 스마트폰이 울렸다.

"그래."

전화를 건 이는 고미호였다.

"알았다."

박현은 스마트폰을 다시 품으로 넣으며 적풍궁을 조금 더 내려다본 후 몸을 돌렸다.

"운명이 그대에게 좀 더 살라는군."

박현은 그 자리에서 사라졌다.

*　　*　　*

"흠."

풍신은 다이텐구의 말을 들은 뒤 깊은 침음을 삼켰다.

"그자가 누군지는 모른다 했지요?"

"처음 보는 이였습니다."

"처음 보는 이라."

풍신은 무릎을 손으로 툭 치며 눈을 감았다.

"대략 감이 잡히기는 합니다."

"……?"

"일단 확인 차 콧파를 보냈으니 곧 알게 될 듯합니다."

"예상되는 이는 누구죠?"

"류오코와 형제의 잔을 나눴던 나미카와카이의 하시모토 히로후미입니다. 물론 외부적으로 파문을 당했지만, 가장 의심이 가는 인물입니다."

"……."

풍신은 생각에 잠긴 듯 아무 말이 없었다.

"일이 단단히 꼬였군요."

"……."

이번에는 다이텐구가 침묵을 지킬 수밖에 없었다.

"마키타, 일단 그를 꼭 찾아야 합니다. 그가 없다면 키츠네의 손과 발이 잘린 거나 매한가지입니다."

"갓파를 풀어 그를 찾고 있으니, 곧 좋은 소식이 들어오지 않겠습니까?"

"그랬으면 좋겠군요."

불길한 마음을 애써 외면하던 풍신은 미간을 슬쩍 찌푸렸다.

그러더니 천천히 눈을 뜨며 천장을 올려다보았다.

정확히는 건물 위 하늘이었다.

"구, 궁주님?"

뜬금없는 행동에 다이텐구가 풍신을 불렀다.

풍신은 조용히 하라는 의미로 검지로 입술을 가렸다.

그러더니 눈매를 가늘게 만들며 마치 어망을 던지듯 기감을 더욱 증폭시켰다.

"……!"

그러더니 동공이 활짝 커졌다.

하지만 곧 동공은 작아졌다.

"흠!"

이내 미약한 침음이 입술을 비집고 흘러나왔다.

"무슨 일이온지."

다시 고개를 내리는 풍신의 모습에 다이텐구가 조심스럽게 물었다.

"모르겠군요, 모르겠어요."

"……?"

"마치 안개를 마주한 것만 같군요."

"안개라니요?"

"류오코와 함께한 자. 분명 그자인 듯한데."

풍신의 표정이 조금은 굳어졌다.

불길함은 확신으로 바뀌었다.

자신에게 위험이 될 자가 분명했다.

위험은 바로 잘라야 하는 법.

"다이텐구."

"하이!"

"당장 이나가와카이를 집결시키세요. 그리고 키츠네도 불러요."

"마키타는 어찌합니까?"

"마키타가 중요한 게 아닙니다."

"하지만 키츠네가 반발을 하지 않을지……."

"천황가의 음양사를 내어준다 하세요. 그러니 부르세요."

그 시각.

키츠네는.

쾅!

박현의 손에 이끌려 바닥에 처박히고 있었다.

* * *

고미호는 가마를 탄 채 마치 도쿄 도시를 관광하듯 느긋하게 돌아다녔다.

그녀가 중심가에서 살짝 비켜난 건물들을 거칠 때마다 그녀의 앞을 채우는 야쿠자의 수는 기하급수적으로 늘기 시작했다.

그렇게 모인 이들만 족히 오천.

"도쿄 내 고베 야마구치구미 조직은 이곳으로 끝입니다."

마키타가 마지막 사무실을 들른 후 보고했다.

"고이치로 오야붕은?"

"도쿄 본부에 있다 합니다."

"다행이군."

"예?"

마키타가 눈을 껌뻑이며 물었다.

"혹시나 고베 본가로 내려갔을까 해서 물어본 거다."

"조금 전 오야붕을 만나 뵀지 않았습니까? 다른 말씀이 있으셨습니까?"

"혹시나 해서다."

고미호는 자신의 실수를 자각하며 말을 얼버무렸다.

"가자! 오야붕 기다리시겠다."

"하이!"

마키타는 힘 있게 복명하며 야쿠자들을 자신들의 실질적인 본가인 도쿄 본부로 향하게 했다.

그리고 그 시각.

고베 야마구치구미의 구미쵸 마쓰마루 고이치로는 딱딱한 표정으로 팔짱을 낀 채 눈을 감고 있었다.

스미요시카이가 끼어들며 좀처럼 형세 판단이 쉽지 않았다.

아니 그거야 여차하면 이나가와카이의 텐구들과 손을 잡고 그들과 싸우면 되니, 차차 하면 되지만, 문제는 고베 야마구치구미의 내부적인 문제였다.

싸움을 이긴 건 좋았는데, 피해가 너무 컸다.

자신의 오른팔이자 참모인 보좌 테츠오가 죽었으며, 왼팔이자 주먹인 무투파를 이끄는 마사히사가 죽었다.

거기에 든든하게 조직을 뒷받침해주는 총사제인 마츠이 히사유키가 죽었다.

또한 조직의 두 다리인 두 부회장 중 하나인 카즈나리와 그의 직속 산하 단체들이 무너졌다.

단단함을 자랑하던 고베 야마구치구미의 조직이 치즈처럼 구멍이 숭숭 뚫려버린 것이었다.

비단 그들만이 아니었다.

제법 많은 산하단체들도 피해를 입은 터라, 대대적으로 조직을 개편해야 했다.

"오야붕."

깊은 상념에 잠긴 고이치로를 부회장 이시다 쇼로쿠가 깨웠다.

"앉아."

고이치로는 자신의 앞자리를 내줬다.

"고민이 많으십니다."

"생각보다 피해가 커."

그 말에 쇼로쿠도 고개를 끄덕였다.

"그래도 이만하면 대승이지 않습니까?"

"그래, 대승이지."

쇼로쿠의 말에 고이치로는 그를 빤히 쳐다보았다.

그러다 피식 쓴웃음을 지었다.

"조직의 입장에서는 마이너스겠지만, 네게는 플러스겠군."

그가 조직을 물려받는 데 있어 가장 큰 걸림돌들이 모두 사라진 상황이었다.

"죄송합니다, 오야붕."

쇼로쿠는 허리를 숙였다.

"아니야. 네가 꾸민 것도 아니고, 자연스레 그리 된 것을."

고이치로는 잠시 멍하니 천장을 쳐다보았다.

"네게 자리를 물려줄 때를 하늘이 일러준 모양이구나."

고이치로는 다시 쇼로쿠를 쳐다보았다.

"나의 마지막 일이 조직 개편이 되겠어."

"……오야붕!"

쇼로쿠의 목소리가 떨렸다.

"내일까지 개편에 맞는 인물들을 정해서 가져오너라."

"가, 감사합니다!"

"하지만."

고이치로는 딱딱하게 말을 끊었다.

"인선에 타당성이 있어야 할 것이야."

모두 받아들이지는 않겠다는 뜻.

"최대한 공정하게 고심해보겠습니다."

그도 그럴 것이, 고이치로의 은퇴는 단순히 그만 은퇴하는 것이 아니었다.

고이치로와 어깨를 나란히 한 한 세대가 동시에 물러나는 것이었다.

그에 따른 은원 또한 복잡할 터.

자신의 의견이 얼마나 수용될지 모르나 크게 문제가 없다면 고이치로도 받아들여 줄 것이다.

그 외의 부분은 오야붕이 된 후 시간을 들여 천천히 바꿔나가도 된다.

"오야붕."

둘의 대화가 잠시 끊어졌을 때 돌격대를 맡고 있는 키요시가 안으로 들어왔다.

"……?"

"도쿄에 자리한 간부들이 본부로 오고 있다 합니다."

"간부들이?"

고이치로가 미간을 찌푸리며 물었다.

"하이!"

전쟁이 끝났으니 논공행상이 뒤따르는 건 당연지사.

하지만 그들이 먼저 요구할 자격은 없다.

고이치로는 주름을 펴지 않은 채 쇼로쿠를 쳐다보았다.

"네가 불렀나?"

고이치로의 목소리는 차갑게 식어버렸다.

"아, 아닙니다."

쇼로쿠도 당황하기는 매한가지.

표정에서 거짓이 아님이 묻어나왔기에 고이치로의 표정은 더욱 딱딱하게 굳어졌다.

"흠!"

고이치로는 불쾌한 심정을 침음으로 대신했다.

그들이 이러는 이유가 뭘까?

고민하다 보니 답은 하나였다.

이시다 쇼로쿠.

고이치로는 쇼로쿠를 일견하며 입을 열었다.

"간부들은 여전히 네가 믿음직하지 못한 모양이로구나."

그 말에 쇼로쿠의 눈가가 파르르 떨렸다.

"아마 계승식 전에 지분을 확보하려는 모양이야."

까드득—

쇼로쿠는 이를 빠드득 갈았다.

우당탕탕탕!

그때 복도에서 시끄러운 발걸음 소리가 귀를 어지럽혔다.

"오, 오야붕!"

돌격대원인 조직원 하나가 헐레벌떡 안으로 뛰어들어 왔다.

"크, 큰일 났습니다."

"……?"

"무슨 일이지?"

의아해하는 고이치로를 대신해 쇼로쿠가 물었다.

"바, 반역입니다!"

"반역?"

그 말에 고이치로의 표정이 순식간에 굳어졌다.

"반역이라니!"

"도쿄의 모든 산하 조직의 조직원들이 본부를 에워 둘러쌌습니다."

드르르륵—

그때 정원으로 향하는 장지문이 활짝 열렸다.

정갈하게 꾸며진 정원 위로 가마가 둥둥 떠 있었다.

"누구냐!"

고이치로는 자리에서 벌떡 일어나 가마에 탄 여인을 노려보았다.

여인, 고미호는 고이치로를 향해 싱긋 웃으며 손을 저었다.

그러자 가마 뒤에서 마키타가 모습을 드러냈다.

"마키타!"

고이치로가 마키타를 보자 소리를 버럭 지르듯 그를 불렀다.

하지만 돌아온 답은.

"어디서 그 더러운 입으로 나를 부르는 것이냐!"

마키타의 눈에는 고이치로가 박현으로 보였다.

"……!"

고이치로는 순간 자신이 잘못 들은 것이라 여겼다.

아무리 자신이 존중해주는 대음양사라고 해도, 어디까지나 존중일 뿐이었다.

"감히 고베 야마구치구미를 향해 수작질을 벌이다니! 네놈을 본보기로 삼아 고베 야마구치구미의 위엄을 살리겠노라!"

마키타는 마치 철천지원수를 보듯 고이치로를 노려보며 소리쳤다.

"무슨 소리를 하는 것이냐!"

고이치로가 소리를 버럭 질렀다.

"죽어라! 고베 야마구치구미의 원수!"

고이치로는 마키타의 말에서 이상함을 느꼈다.

왜 자신이 고베 야마구치구미의 원수란 말인가?

그리고 하나 더.

마키타가 이런 소란을 벌이고 있는데 주변이 너무나 조용했다.

누가 나서도 진작 나섰을 터인데, 말이다.

순간 뒷목을 찌르는 섬뜩함에 고이치로는 고개를 뒤로 돌려 쇼로쿠를 쳐다보았다.

그는 마치 목각인형이라도 된 듯 초점 없는 눈으로 멍하니 서 있었다.

비단 그만이 아니었다.

이 소식을 전한 조직원도, 뒤늦게 뛰어들어 온 키요시도 매한가지였다.

'서, 설마!'

고이치로는 고개를 돌려 마키타를 쳐다보았다.

정확히는 그가 들고 있는 신장대였다.

평소와 다른 신장대가 아니었다.

피를 머금어 붉어진 장대였다.

'꼭두각시의 술.'

고이치로는 입술을 지그시 깨물었다.

"이 자리가 그리 탐났나?"

고이치로가 물었다.

"그만 죽어라, 히로후미!"

히로후미?

고이치로는 낯선 이름에 의아함이 들었지만, 그 생각을 길게 이어가지 못했다.

스르릉—

쇼로쿠가 벽으로 걸어가 일본도(日本刀)을 들어 뽑았기 때문이었다.

동시에 키요시는 품에서 단도를 꺼내들었다.

그리고 둘은 고이치로를 향해 살기를 풀풀 날리며 서서히 거리를 좁혀갔다.

그리고 고이치로와 쇼로쿠의 눈이 마주치자.

팟!

쇼로쿠는 단숨에 거리를 좁히며 일본도를 휘둘러 고이치로의 몸을 베어갔다.

"핫!"

그 일격에 고이치로의 몸이 흐릿한 잔상을 남기며 사라졌다.

쾅!

일검을 피한 고이치로는 쇼로쿠가 아닌 정원에 있는 마키타를 향해 몸을 날렸다.

꼭두각시의 술을 깨는 방법은 단 하나.

그 술의 주체인 음양사를 죽이는 것.

고이치로는 단 일격에 머리를 부숴버리려 마키타의 얼굴을 향해 주먹을 날렸다.

후아아악!

묵직한 파음이 마키타의 얼굴을 일격하기 직전이었다.

우드드득!

정원의 나무 일부가 갑자기 자라나며 고이치로의 발목을 휘감았다.

부악!

고이치로의 주먹이 아슬아슬하게 마키타의 얼굴을 비켜 휘둘러졌다.

그 사이 마키타는 성큼 몸을 날려 가마 뒤로 몸을 숨겼다.

콰드득!

고이치로는 발목을 감싼 나무를 쥐어뜯으며 가마를 올려다보았다.

"네년이 이 일의 흉수로구나!"

"보고 싶었어. 마쓰무라 요시노리의 아들."

아버지의 이름이 고미호에게서 흘러나오자, 고이치로의 얼굴이 굳어졌다.

"누구냐?"

고이치로의 물음에 고미호가 싱긋 웃으며 입을 열려는 그때였다.

"천한 조센의 구미호지."

답은 하늘에서 들려왔다.

"키츠네!"

고이치로의 표정이 순간 밝아졌다.

"오랜만이야, 키츠네 사마."

고미호는 가마에서 일어나 키츠네를 올려다보았다.

"내 가랑이 아래서 꼬리를 말고 숨을 죽였던 천한 잡년이 감히 내 아이들을 가로채?"

키츠네의 목소리에 분노가 담겼다.

"호호호호!"

그 말에 고미호는 웃음을 터트렸다.

"그래서 이렇게 찾아왔잖아. 이번에는 네가 내 가랑이 아래서 울고 불게 하려고."

"네깟 년이 나를?"

키츠네는 기가 막힌다는 듯 콧방귀를 뀌었다.

"아니."

"……?"

"우리 주군께서, 너를 내 발아래 무릎 꿇려주실 거야."

고미호가 싱긋 웃는 순간.

키츠네의 얼굴이 굳어졌다.

그녀는 다급히 고개를 위로 번쩍 들어올렸다.

자신의 머리 위에 한 사내가 떠 있었다.

"너, 너는?"

한 번 본 적이 있는 자였다.

폐안과 함께 있던 사내.

그리고 뇌신을 죽인 자.

박현이었다.

"네놈, 더러운 피가 흐르는 조센의……. 큽!"

키츠네가 말을 다 내뱉기도 전에 박현은 그녀 위로 툭 떨어지며 그녀의 얼굴을 손으로 움켜잡았다.

쾅!

"꺄악!"

그리고는 바닥으로 그녀의 머리를 내려찍었다.

"꺼어억—."

박현은 고통에 신음하는 키츠네를 내려다보며 입을 열었다.

"그대의 몸 안에도 신물(神物)이 들어있나?"

"무, 무슨 소리를 하는 거냐!"

"모른 척하는 건가? 아니면 모르는 건가?"

물음을 던진 박현은 이내 어깨를 으쓱 들어올렸다.

"별로 상관없나? 배를 갈라보면 알겠지."

박현은 키츠네의 머리를 더욱 억세게 땅을 짓누르며 왼손을 치켜 올렸다.

*용어

1) 부정굿: 부정굿. 부정(不淨), 깨끗하지 못한 것을 씻는 부정굿은 잡귀, 잡신을 쫓아내 굿판을 깨끗하게 정화시키는 굿이다.

2) 내림굿: 몸에 내린 신을 맞아 무당이 되는 굿으로 강신제라고 부르기도 한다. 즉, 신을 맞이하는 굿이다.

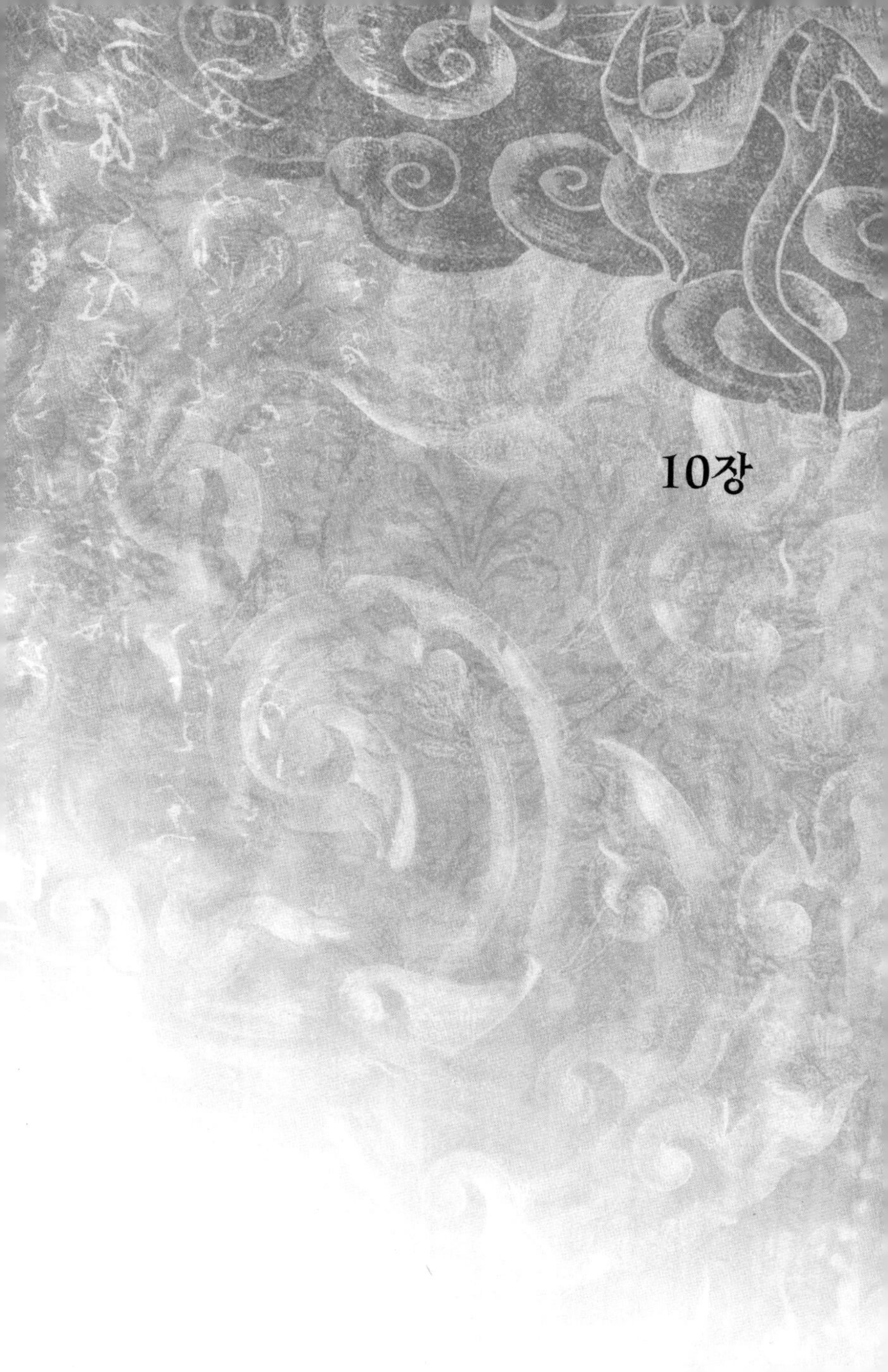

10장

쾅!

키츠네가 박현의 손아귀에 땅바닥에 처박히자, 고이치로는 명령이 끊겨 다시 목각인형처럼 서 있는 쇼로쿠의 손에 들린 일본도를 빼앗아 들었다.

"키츠네!"

그리고는 전신을 뒤덮고 있는 문신의 힘을 개방했다.

구오오오오오!

그의 몸에서 엄청난 기운이 폭발하듯 터져 나왔다.

우드득 우득—

미국 히어로 영화에서 브루스 배너 박사가 헐크로 변신

하는 것처럼, 그의 몸집이 커짐과 동시에 헐렁한 옷자락마저 찢어지며 우락부락한 몸을 드러냈다.

동시에 고이치로는 잠이 든 듯 눈을 감았고, 탈을 쓰듯 그의 몸 위로 붉고 푸르고, 누른 오니의 잔영(殘影)이 덧씌워졌다.

『크르르르르!』

그리고 오니의 잔영이 눈을 떴다.

슈텐도지[酒呑童子][1].

일본 제3 대악(大惡)으로 불렸던 오니였다.

헝클어진 머리 위로 다섯 개의 뿔을 가진 오니, 슈텐도지가 박현을 노려보며 울음을 내뱉었다.

풍신, 야마타노오로치의 아들이기도 한 그의 영(靈)이 고이치로의 몸에서 눈을 떴다.

『키츠네.』

그렇게, 고베 야마구치구미의 진정한 숨은 지배자, 키츠네의 연인인 슈텐도지가 깨어난 것이었다.

『감히 네가 키츠네를!』

고이치로는, 정확히는 슈텐도지의 혼은 박현 아래 깔린 키츠네를 보자 분노를 터트렸다.

『크하아아악!』

슈텐도지는 단숨에 발을 굴러 박현의 등으로 날아가 주

먹을 내질렀다.

그때였다.

파지직!

박현의 등에서 잔 불꽃이 튀는가 싶더니.

우르르르— 콰광!

거대한 뇌전(雷電)이 튀어나와 슈텐도지의 몸을 꿰뚫었다.

『으아악!』

박현이 슈텐도지의 비명을 들으며 다시 키츠네를 내려보려는 그때였다.

"……!"

잡고 있던 키츠네의 목의 느낌이 순간 이질적으로 바뀌었다.

후아악— 퍼석!

박현은 눈매를 가늘게 만들며 주먹으로 키츠네의 머리를 부숴버렸다.

그러자 부서져 사방으로 비산하는 건 그녀의 머리가 아닌 석등의 파편이었다. 그리고 그녀가 누워 있던 자리에 부서진 석등이 눕혀져 있었다.

"어딜!"

그때 고미호가 끼어들었다.

펑!

박현 바로 옆에 서 있던 석등에서 자그만 폭음과 함께 하얀 연기가 피어올랐다.

연기가 그친 그 자리에 키츠네가 서 있었다.

"골치 아픈 둔갑술이군."

박현은 눈빛을 발하며 그녀를 향해 다시 몸을 날렸다.

『죽어라, 이놈!』

그런 둘 사이에 끼어든 이가 있었으니, 고이치로의 몸을 차지한 슈텐도지였다.

그는 거대한 몸집에 어울리는 주먹을 휘둘렀다.

우악스러운 주먹질에 박현은 다급히 팔을 X자로 교차해 얼굴을 막아야 했다.

쾅!

묵직한 파음만이 아니라, 엄청난 힘에 박현은 몸이 뒤로 주르르 밀렸다가, 등 뒤 가마에 기대어 신형을 바로 잡을 수 있었다.

"인간의 몸으로 저 힘을 버틴다고?"

박현은 흥미로운 눈으로 슈텐도지를 쳐다보았다.

"문신이에요. 문신이 육체를 보호해요."

"그래?"

박현은 등으로 가마를 튕기며 몸을 바로 세웠다.

"키츠네를 죽이려면 저놈부터 죽여야겠군."

"도망가지 못하게 잘 잡고 있을게요."

고미호의 대답에 박현은 흡족한 웃음을 지으며 슈텐도지를 향해 걸음을 내디뎠다.

『감히! 감히! 사랑스러운 내 키츠네를! 죽어라! 죽어라!』

슈텐도지는 미친놈, 아니 미친 귀신처럼 박현에게 다시 달려들며 커다란 주먹을 마구 날렸다.

"주먹질이라면 나도 자신이 있지."

박현은 슈텐도지의 주먹을 바라보며 몸을 살짝 웅크렸다.

"크르르르."

박현의 눈에서 신광이 흐르며 어금니가 삐죽 길어졌다.

『몸집도.』

박현이 입술을 비틀자, 마치 인간의 육신이 찢어지듯 한순간 커졌다.

그렇게 모습을 드러낸 흑호.

거구의 슈텐도지의 몸집에 전혀 밀리지 않는 체구였다.

쾅!

박현은 슈텐도지의 주먹에 맞춰 주먹을 날렸다.

두 주먹이 부딪히자 둘의 기운이 터지며 엄청난 파음이 만들어졌다.

그 충격에 둘의 발이 반 발자국씩 뒤로 밀렸지만, 박현도 슈텐도지도 전혀 물러나지 않으며 다시 주먹을 내질렀다.

쾅! 쾅! 쾅!

서로의 주먹이 힘의 공방을 이어갈 때였다.

터억—

박현이 조소를 날리며 발을 들어 슈텐도지의 가슴을 힘껏 밀어버렸다.

타격보다는 미는 힘에 집중한 발길질이었기에 슈텐도지는 뒤로 밀려나자마자 다시 땅을 박차며 박현을 향해 달려들며 주먹을 날렸다.

『단순한 건가, 아니면 무식한 건가?』

박현은 피식 웃으며 다시 몸을 살짝 웅크렸다.

우드득!

이번에는 뼈마디가 뒤틀리듯 커지며 흑호의 머리 위로 검은 뿔이 솟아났다.

"쿠호오오오!"

흑우.

거대한 몸집이 다시 더욱 거대해졌다.

그 몸집에 슈텐도지가 순간 흠칫했지만, 여전히 그는 저돌적인 기세를 누그러트리지 않고 박현을 향해 달려들었다.

콱— 콱— 콱!

그에 맞서 박현, 흑우도 땅바닥을 헤집으며 슈텐도지를 향해 뛰어가 주먹을 내질렀다.

다시 두 주먹이 다시 허공에서 만났다.

하지만 결과는 전과 달랐으니.

마치 어린아이의 주먹과 다 큰 성인의 주먹을 보는 듯, 두 주먹의 크기 차이가 확연했다.

그리고.

콰직!

주먹의 크기만큼이나 힘의 차이도 확연했다.

박현의 주먹은 슈텐도지의 주먹을 바스러트려 버렸다. 손등과 팔목에서 부러진 뼈가 툭 튀어나오며 피가 뿌려졌다.

"슈, 슈텐도지!"

그 모습을 본 키츠네가 비명처럼 그를 부르며 숨겨둔 아홉 개의 꼬리를 드러냈다.

그리고는 서슬 퍼런 냉기를 뿜어냈다.

새하얀 냉기는 공기 중의 수분을 얼려버렸고, 마치 겨울처럼 하얀 눈이 허공에 뭉글뭉글 만들어졌다.

그러한 눈송이들은 설풍이 되어 박현의 몸을 휘감으려 했다.

하지만 설풍이 박현을 엄습하기 직전.

화르르르륵!

키츠네의 주변으로 거대한 불의 장막이 치솟아 올랐다.

"누구냐!"

키츠네는 뜨거운 열기에 화들짝 놀라 뒤로 물러나며 소리쳤다.

"끄!"

하지만 그녀는 뒤로 얼마 물러나지 못했다.

바로 또 다른 불의 장막이 그녀의 뒤를 가로막았기 때문이었다.

"오랜만이로구나!"

불여우[2)] 일족을 이끄는 홍화였다.

그리고 그녀를 따라 정원을 둘러싼 담벼락 위로 여인들이 모습을 드러냈다.

불여우 일족들이었다.

"붉은 계집년들이로군!"

키츠네가 이를 갈았다.

사사삭!

그 순간, 키츠네를 둘러싼 바람의 칼날이 갑자기 방향을 바꾸더니 그녀의 몸을 할퀴고 지나갔다.

"이 노파도 왔다네."

노구화호를 이끄는 연천할매가 지팡이를 짚으며 모습을

드러냈다.

"세상은 살고 볼 일이야, 안 그런가? 끌끌끌!"

"그러게 말이야. 늙은 노구를 이끌고 바다를 건널 줄 누가 알았나?"

십여 명의 노파들도 연천할매를 이어 모습을 드러냈다.

"아아아악!"

바람의 칼날을 만들어낸 바람의 원천이 키츠네였기에 큰 상처를 입지 않았지만, 자잘한 생채기가 뺨을 비롯해 옷가지에 만들어지자, 키츠네는 약이 바싹 오른 듯 찢어질 듯한 소리를 내질렀다.

"호호호호호!"

그런 그녀의 모습에 고미호는 그녀 앞에 서며 통쾌한 웃음을 터트렸다.

"다 죽여 버리겠어!"

쏴아아아아!

그녀 주위를 맴돌던 눈송이가 뾰족한 얼음으로 바뀌며 거센 바람이 휘몰아치기 시작했다.

그에 맞서, 불의 장막이 다시 몸을 일으켰고, 나무줄기가 마치 뱀처럼 길게 자라나 키츠네를 노렸다.

그리고 고미호도 아홉 개의 꼬리를 드러냈다.

그렇게 고미호와 여우 일족이 잠시 키츠네를 발을 잡아 둔 사이.

박현은 슈텐도지의 목을 움켜잡은 채 그의 얼굴을 주먹으로 후려치고 있었다.

퍽! 퍽! 퍽! 퍼억!

묵직한 주먹 한 방, 한 방이 슈텐도지의 얼굴에 꽂히자, 고이치로를 둘러싸고 있던 잔영이 흔들리기 시작하더니.

파삭!

마치 유리에 금이 가듯 잔영이 깨져나갔다.

『이 노……, 노…… 옴!』

슈텐도지가 손을 허우적거리며 뻗었지만, 의미 없는 몸짓에 불과했다.

콰앙!

박현의 주먹이 슈텐도지의 얼굴에 정통으로 내리꽂히자, 그의 몸은 바닥에 처박혔다.

『키, 키츠…… 네! 어, 어서 나, 나, 나를 이 녀, 녀석의 몸에 다, 다, 다, 다시 혀, 현, 현, 현, 현, 현신…….』

뭐라 해야 할까.

마치 버퍼링이 걸린 것처럼 슈텐도지의 잔영이 흔들리며 동작과 몸이 끊기고 있었다.

"키, 키츠네! 어, 어서…… 끄윽!"

슈텐도지의 끊긴 목소리 사이사이에 고이치로의 목소리가 튀어나왔다.

『일본의 3대 악이라더니 생각보다 별로군.』

박현은 바닥에 쓰러져 꿈틀거리는 슈텐도지, 아니 고이치로 앞으로 걸어가 그의 가슴을 거대한 발로 지그시 밟아 눌렀다.

"강신의 한계라서 그렇습니다. 원래 슈텐도지의 힘은 일본 전역을 흔들 정도로 강했다 합니다."

팔미호 미랑.

그녀는 키츠네와 여우 일족의 싸움을 흘깃흘깃 쳐다보며 박현 뒤에 서 있었다.

『이 녀석을 죽여도 슈텐도지인가 뭔가, 그놈이 다른 몸에서 다시 살아나는 건가?』

"그렇지 않습니다."

『이 녀석이 죽으면 그놈도 죽는다는 말이군.』

"정확히는 고이치로의 몸에 담긴 슈텐도지를 죽이려면 문신을 파괴해야 합니다."

그 말에 대충 이해가 갔다.

문신을 통해 혼을 이어간다.

고이치로의 문신은 곧 그의 안식처이자, 생명인 모양이었다.

『이 녀석이 죽으면 풍신이 궁에서 기어 나오겠군.』

"키츠네를 통해 이렇게라도 살려놓았을 정도로 풍신에게 있어 아픈 손가락이니 그러할 겁니다."

『그럼 죽여야지.』

박현은 씨익 웃으며 주먹을 크게 들어올렸다.

"쿠호오오!"

이어 거친 울음을 터트리며 주먹을 내려찍었다.

파장창창창!

그 주먹에 슈텐도지의 잔영이 깨어지고.

"쿨럭!"

그 충격에 피를 토하는 고이치로의 얼굴을 단숨에 부숴버렸다.

"크하아아앙!"

그런 다음 박현은 흑우에서 흑호로 변한 뒤 고이치로의 등에 새겨진 문신을 갈기갈기 찢어버렸다.

"안 돼애애!"

문신이 찢어지자, 키츠네의 발악이 섞인 비명이 터져나왔다.

콰과과과광!

키츠네의 주변으로 엄청난 폭발이 터지자.

"끅!

"꺄아악!"

"크흑!"

그 여파에 휘말린 여우 일족들이 뒤로 튕겨져 나갔다.

그나마 자리를 지키고 선 이는 고미호가 유일했다.

그러자 박현의 얼굴이 싸늘하게 바뀌었다.

『비켜.』

박현은 진신, 용으로 현신하며 고미호에게 명을 내렸다.

『감히 본인의 수하들에게 상처를 입혀?』

박현은 상처 입은 여우 일족들을 훑으며 키츠네를 앞에 섰다.

『크하아아아악!』

그리고 그녀를 향해 분노가 담긴 용언을 터트렸다.

*　　　*　　　*

구우우우우—

파란 하늘에 먹구름이 짙게 드리웠다.

파지직— 파직!

거무칙칙한 먹구름 사이로 잔 번개가 불꽃을 튀겼다.

우르르르르—

번개는 기지개를 켰고.

콰과과과광!

이윽고 땅으로 뿌리를 내렸다.

어둑해진 하늘에 번쩍이는 번개의 불빛 사이로 검은 음영이 드러났다가 어둠 속으로 사라지기를 반복했다.

'……뇌신?'

키츠네의 머릿속을 스치고 지나가는 한 신(神).

번개를 다루는 신.

야타의 거울을 삼킨 뒤 뇌신이 된 노구치.

하지만 그는 죽었다.

수급이 되어 흙바닥을 구르는 것을 불과 몇 시간 전에 보지 않았던가.

뇌신이 아니다.

그럼…….

'서, 설마!'

의구심은 곧 확신으로 변했다.

노구치의 수급을 들고 온 자.

그리고 자신을 향해 노성을 터트리며 하늘로 올라선 자.

폐안의 형제.

하시모토 히로후미.

"크르르르르!"

검은 음영의 울음에 키츠네는 모골이 송연해지며 아홉

꼬리의 털이 바싹 세워졌다.

들어본 적이 있는 울음이었다.

처음으로 죽음을 떠올리게 했던, 그 울음.

천외천 중에서도 천외천.

뇌신이나 풍신처럼 이름뿐인 용(龍)이 아닌, 진정한 용.

'아, 아니야!'

키츠네는 부정했다.

빛을 담지 않은 태고의 용.

태양의 빛을 담은 황룡.

항상 열등감에 시달리던 황룡은, 오룡(五龍)을 이끌고 일본의 풍 · 뇌신, 그리고 봉황과 손을 잡고 용을 죽였다.

그리고 이후 황룡은 토사구팽당하듯 오룡의 배신에 죽음을 면치 못했다.

용의 죽음을 두 눈으로 똑똑히 본 키츠네였다.

태고의 용이 죽을 적, 그녀 또한 한 팔을 거들었기에.

'죽었어!'

키츠네의 손이 바르르 떨렸다.

'분명!'

현재 한반도의 지배자가 청룡이라 하나, 태생이 인간이니 천외천이라 하나 격이 다르다.

그녀가 아는바, 현재 진정한 용은 없다.

'내 눈앞에서.'

키츠네의 눈에 공포가 들어설 때였다.

우르르— 쾅광!

다시 어두운 하늘을 짧게 밝히는 번개의 불빛에 홀연히 모습을 드러낸 것은.

검은 재앙.

흑룡이었다.

"흡!"

어둠 속에서 황금빛을 담은 안광이 떠지자, 키츠네는 숨이 꽉 막혔다.

흑룡은 하늘을 유유히 날아와 키츠네의 목을 움켜잡았다.

"꺽!"

마치 뱀 앞에 선 쥐처럼, 그녀는 흑룡이 다가옴에도 도망칠 수 없었다.

머릿속으로는 도망치라 하지만, 몸이 그녀의 것이 아닌 것처럼 움직이지 않았기 때문이었다.

『내 수하를 다치게 한 죄.』

흑룡, 박현은 키츠네를 얼굴 앞으로 잡아당겼다.

『죽음뿐이리라.』

"사, 살려……."

『편안한 죽음은 줄 수 있다.』

"……!"

키츠네는 입술을 꽉 깨물었다.

『진실만이 네게 편안한 죽음을 줄 것이다.』

"꺽!"

박현은 그녀의 목을 더욱 억세게 움켜잡으며 눈을 마주했다.

『누가!』

"……?"

『내 아버지를 죽였는가!』

"무, 무슨……."

눈에 독기가 잠시 피어났던 키츠네였지만, 마치 바람 앞의 촛불처럼 그 질문 하나에 훅하고 독기가 사라졌다.

"서, 설마!"

그리고 떠오른 기억 신 하나.

류오코.

진명은 폐안.

태고의 용의 아들이자, 용이 되지 못한 아홉의 형제들.

용생구자.

그 넷째였다.

"내, 내가 아는 용생구자에 너는 없……, 끄윽!"

목이 더욱 옥죄어지자 키츠네는 더는 말을 잇지 못했다.

『그리고 용도 아니지.』

"누, 누구……."

키츠네는 힘겹게 입을 뗐다.

『유복자(遺腹子).』

"마, 말도 안 돼!"

키츠네는 눈을 부릅떴다.

『누가 나의 아버지를 죽였나?』

"모, 몰라! 몰라!"

키츠네는 고개를 저으며 부정했다.

『뇌신도 그리 부정하더군.』

뇌신이 박현의 입에서 거론되자 키츠네는 저도 모르게 마른 침을 꿀떡 삼켰다.

"크하앙!"

『누가 나의 아버지를 죽였나!』

박현은 용언을 터트리며 다시 물었다.

그 용언에 키츠네의 눈동자가 흔들렸다.

그러자 박현은 용에서 다시 뱀으로 돌아가며 그녀의 몸을 칭칭 에워쌌다. 그런 후 그녀의 몸을 죄며 어깨를 물었다.

"꺽!"

박현이 그녀의 피를 빨자 키츠네는 몸이 경직되며 눈이 뒤집혀졌다.

상처 입은 용이 포효했다.

"크하아아아아앙!"

위대한 울음이었다.

적이었지만, 키츠네는 그 모습을 보며 몸을 파르르 떨었다.

울음만으로도 혼이 육신을 떠날 정도로 강대한 충격이 그녀의 몸을 훑고 지나갔다.

"크르르르르르!"

용은 하늘에 떠서 오연하게 아래를 내려다보았다.

비늘은 뜯겨나가고, 살점이 파인 곳에서 피가 뚝뚝 흘러내렸다.

몸 곳곳에서 흐르는 피는 작은 샘물을 이룰 정도였고, 그를 증명하듯 용의 아래에는 피 웅덩이가 생겨 있었다.

"크륵, 크르르……, 크르륵!"

울음도 툭툭 끊길 정도로 용의 상태는 매우 안 좋았다.

이미 살아남기 어려울 정도였다.

하지만, 만약 그가 살아남는 게 무서워서일까.

바닥에 처박힌 황룡이 다시 몸을 일으켜 세웠고, 그를 따라 오룡도 용을 향해 고개를 쳐들었다.

"꺄아아아악!"

용 뒤로 봉황이 날아올랐고.

"샤하아악"

"스하아악!"

뇌신과 풍신도 용의 좌우에서 몸을 일으켰다.

천지사방이 살기로 끓어오를 때, 키츠네는 용과 눈이 마주쳤다.

남은 건 죽음뿐일 건데.

너희는 나와 격이 다르다는 듯 눈빛은 여전히 오만했다.

그리고 용의 얼굴에 희미한 웃음기가 그려졌다.

'왜?'

순간 그런 의문이 들었다.

'아!'

그 순간 키츠네는 눈을 부릅떴다.

'그, 그랬던 거야.'

정신을 차린 키츠네는 순간 몰려오는 고통에 얼굴이 일

그러졌다.

고통 속에서도 키츠네는 눈을 돌려 박현을 쳐다보았다.

이제야 이해가 되었다.

죽음 속에서도 용이 웃을 수 있었던 이유를.

아니.

'그때 유달리 약했지.'

황룡과 오룡, 풍과 뇌신, 그리고 봉황의 합격에 비록 죽음을 면치 못했지만, 용으로서의 위엄을 드러냈었다.

용을 죽인 황룡과 풍뇌신, 봉황이 몸을 떨 정도로 말이다.

하지만.

키츠네가 보기에, 그녀가 경험했고 알던, 압도적인 무용을 그날 용은 보여주지 못했다.

그녀의 예상은 아슬아슬한 승리.

황룡과 풍뇌신, 봉황 중 반은 죽어야 이길 수 있는 싸움이라 여겼다.

그러나 비록 그들이 오랜 시간 요양할 정도로 중상을 입기는 했지만, 어느 누구 하나 죽지는 않았다.

하여 그런 의문이 들었었다.

물론 그가 죽고 난 뒤, 부질없는 의문이기에 금세 지웠지만.

'그는 죽은 것이 아니었어.'

용은 다시 태어난 것이었다.

'소, 속았어. 아시아의 모, 모든 신들이.'

"아!"

키츠네는 허망한 결과에 그만 탄식을 내뱉고 말았다.

『아버지를 죽인 이가 동아시아의 천외천들이었군.』

"……!"

박현의 속삭임에 키츠네의 몸이 움찔거렸다.

"흡!"

이어 키츠네는 헛바람을 들이마셔야 했다.

잊고 있었다.

용은 피로 기억을 읽을 수 있음을.

"사, 살려주십시오!"

키츠네는 머릿속에 깊이 각인된 용의 공포에 바르르 떨었다.

그녀의 시선이 죽은 슈텐도지에게 잠시 머물렀지만, 그의 죽음이 그녀의 마음을 돌리지는 못했다.

사랑보다는 자신의 목숨이 우선인 까닭이었다.

『살려달라?』

"살려만 주시면 뭐든지 하겠습니다."

『뭐든지 한다?』

박현의 눈에 흥미로운 감정이 희미하게 묻어나왔다.

그런 감정을 눈치챈 것일까.

"원하시면 풍신을 꾀어 밖으로 나오게 하겠습니다."

『푸하하하하하!』

그 말에 박현은 대소를 터트렸다.

"소, 소녀는 태초의 용에게……."

『기억을 보니 직접적인 칼을 들이밀지는 않았지.』

"살기 위해서 그랬습니다! 살기 위해서!』

키츠네는 양손을 싹싹 빌며 애원하고 또 애원했다.

『풍신을 꾀어오는 건 당연한 것이고.』

박현은 그녀의 목을 더욱 움켜쥐었다.

"컥컥!"

『목숨값으로 무얼 내놓을 것이냐?』

그 물음에 키츠네의 눈동자가 다시 떨렸다.

그런 두려움의 것이 아니었다.

욕심.

그리고 갈등.

"무, 무얼 말씀하시……, 껵!"

『죽여 꺼내면 되겠지.』

박현의 몸은 뱀에서 흑호로 바뀌었다.

"크르르르!"

그리고 단도처럼 날카로운 발톱을 치켜세웠다.

치지직!

박현은 발톱으로 그녀의 배를 찔러들어 갔다.

"내! 내어드리겠습니다!』

아무리 삼종삼기인 야사카니의 굽은 구슬이 중하다 해도 목숨만큼은 아니었다.

어차피 야타의 거울과 쿠사나기의 칼과 달리 뚜렷한 힘을 상승시켜 주는 무구도 아니었다.

그렇다고 하찮은 것도 아니었지만, 그것이 없어진다고 구미호의 격이 낮아지는 건 아니었다.

"웁! 웁!"

키츠네가 뱃속에서 무언가를 토해내려 하자 박현은 그녀의 목을 풀어주었다.

"후악!"

그리고 그녀가 토해낸 건 척 기묘한 빛을 머금은 8척 길이의 목걸이였다.

"……."

키츠네는 아쉬움을 떨치지 못한 듯 부들부들 떨리는 손으로 박현에게 목걸이를 받쳤다.

그녀가 맹목적인 신임과 추앙을 받아온 원천이었기 때문이었다.

촤락—

박현은 야사카니의 굽은 구슬이라 불리는 목걸이를 빼앗듯 받아 아공간에 넣었다.

『약속대로 살려주지.』

그 말에 키츠네의 얼굴이 환해졌다.

“서, 성주!”

하지만 반발도 있었으니, 바로 고미호였다.

박현은 고미호를 보며 씨익 웃었다.

“컥!”

그 순간 키츠네의 신음이 튀어나왔다.

바로 박현이 다시 그녀의 목을 움켜잡은 이유였다.

“사, 살려주신다고…….”

『걱정 마. 약속은 지키니.』

박현은 키츠네의 아홉 개의 꼬리 중 하나를 움켜잡았다.

부악!

그리고 꼬리를 뜯어버렸다.

“아아아아아악!”

꼬리가 뜯겨나가는 고통에 키츠네는 어느 때보다 고통스러운 비명을 내질렀다.

툭!

박현은 고통에 몸부림치는 키츠네를 고미호에게, 아니 여우일족 앞에 내던졌다.

"고 장로."

"서, 성주님."

"적당히 교육시켜서 그대가 데리고 다녀."

박현이 몸을 돌리다 말고 말을 덧붙였다.

"너무 몰아세우지는 마. 풍신을 낚을 미끼이니."

박현이 씨익 웃은 후 그 자리에서 사라졌다.

"호호호호호!"

"오호호호호!"

"끌끌끌끌!"

그가 떠난 뒤, 여우 일족의 웃음이 사방을 뒤덮었다.

*용어

1) 슈텐도지[酒呑童子]: 슈텐도지, 한자로 주탄동자(酒呑童子)로 읽히는 오니로 백면금모구미의 여우(구미호)와 함께 일본 3대 악으로 칭해진다. 이 슈텐도지의 탄생 설화에 따르면 여덟 개의 머리와 꼬리를 가진 야마타노오로치가 오오미 왕의 딸인 공주 사이에서 낳은 아이라 한다. 이후 온갖 악행을 저지르다가 미나모토노 요리미츠를 필두로 한 토벌대가 절묘한 술수로 그를 꾀어 목을 잘라 죽였다 한다.

2) 불여우: 불여우. 백여우와 함께 한국의 대표적인 요호(妖狐)로, 털색이 붉은 여우 요괴이다. 즉, 불여우의 불은 화(火, fire)가 아닌 적(赤, red)이다. 하지만 본 소설에는 붉은색과 불을 연관 지어 불을 다스린다는 설정을 가미했다.

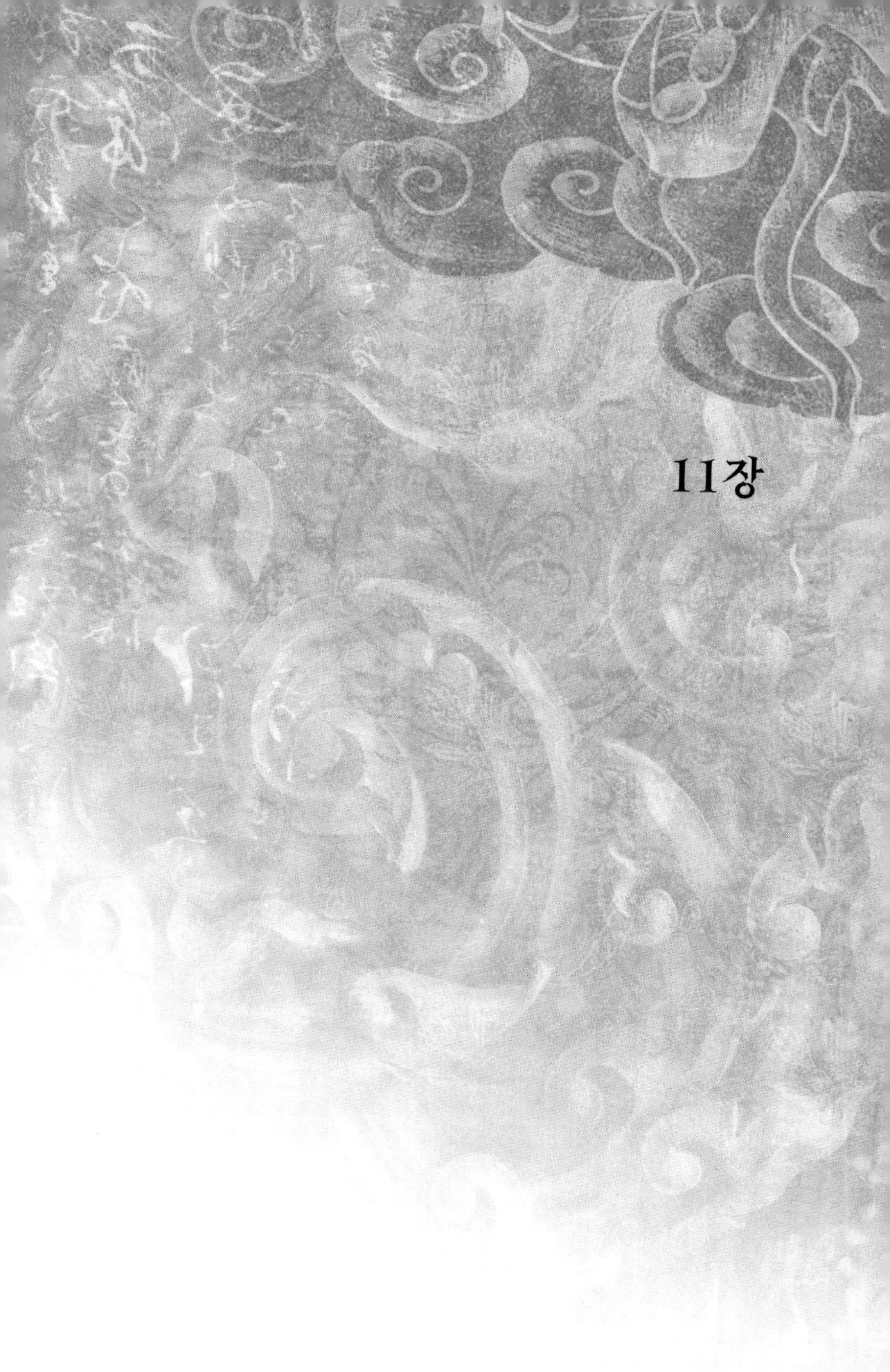

11장

박현 앞에 고미호가 속 시원한 얼굴로 앉아 있었다.
"크나큰 은혜를 입었습니다. 감사합니다, 성주."
고미호는 허리를 숙여 감사의 뜻을 전했다.
"키츠네는?"
물음에 고미호의 입술에 비릿한 미소가 걸렸다.
"일왕가로 보냈습니다."
"말은 고분고분하게 듣나?"
"이미 성주께 꼬리 하나를 뜯기지 않았습니까?"
고미호의 입술이 더욱 뒤틀렸다.
"제아무리 키츠네라 하여도, 이제는 팔미호에 지나지 않습니다."

"그럼 미랑과 동격인가?"

키츠네는 고개를 저었다.

"격으로만 따진다면 동(同)이나, 굳이 따진다면 팔미호보다는 반 수가량 앞섭니다."

"구미호는 구미호란 소리인가?"

"높아졌던 격이 어디 가는 건 아니니까요."

"그렇다면 금세 구미호가 되겠군."

"그리 긴 시간은 아닐 것입니다."

"흠."

박현은 턱을 쓰다듬으며 고미호를 쳐다보았다.

"꼬리를 하나 더 뜯을까?"

그런 키츠네를 감당할 수 있냐는 의미였다.

"꼬리를 더 잘랐다가는 풍신이나 텐구들이 눈치를 챌 것입니다. 소신이 잘 통제하겠습니다."

자신이 있다 하니.

"고 장로."

"예, 성주님."

"키츠네는 너의 관할이다. 그녀의 잘못은 곧 그대의 잘못. 명심하도록."

"……, 옙!"

고미호는 잠시 고민하는가 싶더니 이내 다부진 목소리로 대답했다.

"이제 무얼 할 거지?"

박현이 물었다.

"고베 야마구치구미를 완전히 손에 넣어볼까 합니다."

"완전히라. 방도는 있고?"

"지금 여우 일족들이 고베 야마구치구미의 음양사들을 세뇌시키고 있습니다."

허락을 받지 않은 터라 고미호는 박현의 눈치를 슬쩍 봤다.

"표정을 보니 쉽지 않은 모양이군."

하지만 박현이 주목한 건, 힘 빠진 자신감이었다.

"홍화나 연천할매, 미랑이까지는 모르나, 다른 일족의 아이들에게는 힘에 부치는 모양입니다."

상대가 일반인이 아닌 음양사라 그런 모양이었다.

"반드시 마키타처럼 세뇌를 시켜야 합니다."

"흠."

"그래야, 일본 전역을 발아래 둘 수 있사옵니다."

고베 야마구치구미는 거대한 조직이다.

지금 그녀가 손에 넣은 건, 오로지 도쿄에 위치한 조직들 뿐.

"저 혼자는 불가능합니다."

"흠."

"그래서 여우 일족 중 일정 격이 되는 아이들에게 음양사를 하나씩 붙여주려 합니다."

고베 야마구치구미는 전국구 조직이었다.

또한 전국에 흩어져 있는 조직원 수만 따져도 2만이 훌쩍 넘어간다.

그걸 고미호와 마키타 둘이 커버할 수가 없기에, 여우 일족과 음양사들을 이용하려는 것이었다.

'고베 야마구치구미를 완전히 손에 넣는다, 라.'

현재 이보다 좋은 방안은 없을 듯싶다.

그리된다면 텐구들의 조직인 이나가와카이를 상대할 수 있다. 거기에 북성의 힘과 검계의 힘을 더한다면 확실히 그들을 무너트릴 수 있었다.

거기에 풍신을 죽이면.

일본은 완전히 자신의 발아래 놓이게 된다.

문제는 여우 일족들이 음양사들을 완전히 손에 넣지 못한다는 것인데.

박현은 키츠네의 몸에서 나온 야사카니의 굽은 구슬을 떠올렸다.

상대의 마음을 자연스럽게 파고들어, 호감을 품은 이는

자연스럽게 매혹시키고, 그렇지 않은 자는 현혹하여 믿음을 가지게 만드는 삼종신기였다.

그걸 고미호에게 준다?

그러면 일이 쉽사리 풀릴 것이다.

눈치를 보건대 고미호도 그걸 바라는 모양이다.

하지만.

박현은 그럴 생각이 없었다.

삼종신기.

일본의 신계를 지탱해온 무구다.

그 셋을 모두 모아볼 참이다.

한 곳에.

그 한 곳은 당연히 자신의 몸이었고.

'그러면 어찌 될까?'

기대감에 박현의 입가에 씨익 웃음이 걸렸다.

그 전에.

일단 고베 야마구치구미를 완전히 손에 넣어야겠다.

"여우일족과 음양사들은 어디에 있나?"

"뒤뜰 대정원에 있습니다."

"먼저 가 있어. 내 5분 후에 가지."

"예."

고미호는 아쉬움을 삼키며 자리를 떴다.

그녀가 나가고, 박현은 아공간에서 야사카니의 굽은 구슬을 꺼냈다.

다시금 느낀 감정은 '영롱하다.' 였다.

눈이 멀 정도로 아름다웠다.

천외천인 자신의 마음조차 흔들릴 정도였다.

만약 이 구슬을 인간 세상에 던져놓으면 어찌 될까?

모르긴 몰라도 야사카니의 굽은 구슬을 차지하기 위해 살육으로 점철된 전쟁이 일어나지 않을까 싶다.

그만큼 마음을 끌어당기는 무구이자 요물이었다.

그그그그극!

박현은 일말의 탐욕에 야사카니의 굽은 구슬을 움켜쥔 채 인간의 육체를 깨고 진신을 드러냈다.

*　　*　　*

고베 야마구치구미의 본부, 뒤뜰에는 커다란 공터가 있었다.

풀뿌리 하나 없이 반듯하게 다져놓은 것이 연무장으로 사용되던 곳이었다.

여우신들이 힘에 부친 듯 대충 바닥에 엉덩이를 비비고 쉬고 있었다. 그들 곁에 십여 명의 무복을 입은 음양사들이 고통에 괴로워하며 쓰러져있었다.

음양사들의 몸이 구속되어 있기에 망정이지, 아니면 누구 하나 저항하다 죽어 나갔으리라.

고미호는 그 광경을 보며 미간을 찌푸렸다.

"쉽지 않아."

그런 그녀의 곁으로 연천할매가 다가와 말을 건넸다.

"그러게."

고미호는 그제야 시선을 뗐다.

"성주께서는 뭐라고 하시던?"

홍화.

"5분 후에 나오신단다."

"5분이라. 그러면?"

홍화는 고개를 돌려 연천할매를 쳐다보았다.

"키츠네, 그년이 머금고 있던 구슬을 흡수하실 생각이시로군. 끌끌끌."

"그치?"

홍화는 장난기 어린 표정을 지으며 다시 고미호를 쳐다보았다.

"키키키."

그러더니 웃음을 내뱉었다.

"우리 고 장로, 김칫국물만 들이켰네."

“김칫국물 같은 소리 하고 있네.”
“아닌 척하기는. 은근히 바랐으면서.”
홍화는 고미호의 어깨를 툭 쳤다.
비록 김칫국물을 마시지는 않았지만, 그래도 혹시나 하는 마음을 가졌던 건 사실이었다. 아쉬움이 없다면 거짓말이겠지만, 그걸 밖으로 드러낼 정도로 고미호는 아둔하지 않았다.
저벅 저벅 저벅
그때 뒤에서 들려오는 발걸음 소리가 그녀들의 수다를 멈추게 만들었다.
“성주님 오셨다.”
홍화가 먼저 고개를 돌렸다.
“아!”
근데 홍화의 목소리가 뭔가 이상했다.
“흠.”
연천할매도 매한가지.
고미호는 이상함에 고개를 갸웃거리며 몸을 돌렸다.
“아—.”
고미호는 박현을 보는 순간, 정확히는 눈이 마주친 순간 가슴으로 훅하고 들어오는 묘한 감정을 느꼈다.

야사카니의 곱은 구슬을 흡수한 후, 야타의 거울처럼 극적인 변화는 없었다.

야타의 거울을 흡수했을 때에는 야생마처럼 날뛰는 번개를 몸 안에 가둔 느낌이었다면, 지금은 묘한 기운이 눈으로 스며든 후 시야가 조금 맑아진 느낌 정도가 다였다.

"눈이라."

박현은 묘한 기대감을 가지고 뒤뜰로 나갔다.

그를 가장 맞이한 이는 홍화였다.

그녀와 눈이 마주치자, 의도하지 않은 기운이 쑤욱 눈을 타고 흘러나왔다.

그리고 마치 홍화의 눈과 자신의 눈이 무형의 실로 연결이 된 것처럼 자신의 기운이 그 실을 타고 홍화의 눈으로 스며들었다.

그 과정은 어떤 이질감을 느낄 수 없을 만큼 놀라울 정도로 자연스러웠다.

자연스럽게 자신의 기운이 그녀의 몸에 안착했다.

그리고 그 기운에 동화한 까닭이었을까, 자신을 바라보는 그녀의 눈빛이 매우 부드러워졌다.

홍화는 고미호나 미랑과 달리 여우 일족의 일원으로서, 또한 붉은 여우 일족을 대표로 박현의 그늘에 들어왔을 뿐, 특별한 교분을 나눈 적이 없었다.

그렇다 보니 자신을 대하는 태도는 어색하기 짝이 없었다.

그런 홍화의 표정이 달라졌다.

그리고 비단 달라진 건 홍화 그녀만이 아니었다.

"오셨소, 성주."

마치 친손자를 대하듯 정겨운 목소리로 연천할매가 인사를 건넸다.

그리고 고미호.

박현은 그녀에게서 실망하는 눈빛을 보았다.

그 감정을 지워내는 데 시간이 조금은 걸릴 것이라 여겼었다.

그러나, 눈을 마주하고 자신의 기운이 그녀의 눈으로 스며드는 순간 그러한 감정이 씻겨나갔다.

생각보다 효과가 엄청났다.

'야타의 거울, 기대 그 이상이군.'

무력은 아니다.

하지만 살아가는 데는 무력이 다가 아니었다.

타인의 마음을 파고드는 힘은, 사용하기에 따라 어떤 힘보다 무서운 능력이었다.

"기다리게 해서 미안하군."

박현은 일부러 사과를 해보았다.

"아닙니다."
"어찌 그런 말씀을 하십니까?"
"듣기 민망합니다. 말씀을 거둬주십시오."
아니나 다를까.
셋은 전과 달리, 의식적 고하의 복명이 아닌 진정한 충성을 드러내고 있었다.
물론 그러한 마음이 진짜는 아니리라.
야사카니의 굽은 구슬의 힘이겠지.
하지만 무슨 상관이랴.
자신이 죽기 전까지 야사카니의 굽은 구슬은 토해낼 리 없을 테니까.
박현의 입꼬리가 말려 올라갔다.

짝!
박현은 뒤뜰에 발을 들이면서 손바닥을 쳐 여우신들의 이목을 자신에게로 향하게 만들었다.
'만약 눈에 기운을 실어보면 어떨까?'
박현은 의도적으로 여우신들을 향한 눈빛에 기운을 실어 보냈다.
쿵! 쿵! 쿵!
"성주님을 뵙니다!"

"성주시여!"

그러자 그들의 반응은 고미호, 홍화, 연천할매와 달랐다.

여우신들은 일제히 바닥에 부복하며 충성심을 드러냈다.

격이 그녀들에 비해 낮아서일까, 아니면 자신이 의도적으로 힘을 키워서일까.

둘 다이리라.

'그러면 음양사들은 어떨까?'

애초에 여우신들은 박현의 그늘에 있는 이들이었다.

그들이 가진 미약한 충성심이 증폭된 것일 뿐.

박현은 걸음을 옮겨 가장 가까이 쓰러져 있는 한 음양사에게로 다가갔다.

『본인을 보라.』

박현은 목소리에 힘을 실었다.

'……!'

순간 박현의 동공이 살짝 커졌다.

야사카니의 굽은 구슬의 기운이 목울대를 긁으며 목소리에 담긴 것이었다.

야사카니의 굽은 구슬의 힘은 눈빛만이 아니었던 것이었다.

"끄으—."

그에 쓰러져있는 음양사가 힘겹게 몸을 뒤집으며 박현을 올려다보았다.

그리고 두 눈빛 사이로 야사카니의 굽은 구슬의 실이 이어졌다.

박현은 한결 부드러워진 음양사의 눈빛을 내려다보며 입을 열었다.

『여우신을 받아들여라.』

"그, 그건……."

음양사는 곧장 반발을 했지만, 단호함은 없었다.

동시에 눈동자도 흔들렸다.

갈등, 그리고 고민.

『이대로 죽기에는 그대의 삶이 너무 부질없지 않나. 아니 그런가?』

"하, 하지만!"

『무얼 망설이는가?』

"그, 그거야."

『본인이 누구인가?』

"……?"

『어찌 항명을 하는 것이지? 나 고이치로의 명을!』

박현의 눈빛에 실린 기운이, 목소리가 야사카니의 굽은 구슬이 만들어낸 실을 타고 음양사의 눈과 귀로 스며들었다.

"고, 고이치로 구미쵸?"

음양사는 눈을 몇 번 껌뻑이더니 재빨리 몸을 일으켜 무릎을 꿇었다.

『어찌 나 고이치로의 명을 거부하나!』

"고이치로 구미쵸!"

"구미쵸!"

음양사들은 뭔가 홀린 듯 자리에서 일어나 바닥에 엎드렸다.

『내 명한다! 각자 여우신들을 받아들여라!』

"하이!"

"하이!"

"하이!"

음양사들은 일제히 복명했다.

*　　*　　*

"아이고, 힘들다."

조완희는 엄살을 부리며 고이치로의 서재에 들어섰다.

"수고했다."

박현은 자리에서 일어나 그를 맞이한 후, 무문두를 향해 고개를 살짝 숙였다.

"수고하셨습니다."

"아이고, 천만의 말씀을 다 하십니다."

둘은 적당히 의자를 당겨와 박현 앞에 앉았다.

"방금, 여우신들이랑 음양사들이 짝을 지어 전역으로 흩어졌다."

"안 그래도 보고 받았어."

그 말에 조완희가 문가에 서 있는 키요시를 흘깃 쳐다보았다.

그는 마치 석상처럼 뻣뻣하게 서 있었다.

"참. 미랑이가 남는다 했지?"

조완희는 고개를 끄덕였다.

"차나 한 잔 줘."

"나중에."

"나중에? 나중에?"

조완희는 기가 찬다는 듯 말을 되풀이했다.

"야! 나 지금 너 따라다닌다고 어? 입에서 단내가 풀풀 난다. 안 그렇습니까, 문두님?"

조완희는 무문두 환오 법사를 걸고 넘어졌다.

"험험!"

환오 법사는 어색한 웃음을 지으며 헛기침으로 대답을 회피했다.

"와! 진짜."

조완희는 기가 막힌다는 듯한 표정을 지어 보였다.

"좀만 기다려."

"왜, 좀만 기다리면 뭐가 나오냐?"

조완희가 되받아치며 이죽거릴 때였다.

박현이 자리에서 일어났다.

"손님 오신다, 나가자."

"아씨, 뭘 앉자마자 일어서래."

"피곤하면 여기 있든지."

"그래, 나 피곤하다. 소파에서 누워 한숨 잘란다."

조완희는 훌쩍 몸을 날려 소파에 누웠다.

"알았다. 계주에게는 너 잔다고 하지."

박현의 말에 조완희는 움찔하며 눈을 몇 번 껌뻑거렸다.

"……누구?"

"계주께서 오시네."

환오 법사가 박현 대신 대답을 해주었다.

"그 계주가 제가 아는 계주는 아니겠죠?"

"아마, 맞을 걸세."

환오 법사가 평소 그답지 않게 장난기 어린 표정으로 답했다.

"우와!"

조완희는 자리에서 벌떡 일어났다.

"문두께서는 알고 계셨습니까?"

"뭘 말인가?"

"계주께서 오시는 걸요."

"일본에 넘어오기 전에 귀띔을 주시기는 했지. 아마 지금이 그때가 아닌가 싶었을 뿐이지. 속인 게 아니니 삐치지 말고 그만 나오게나. 허허허."

환오 법사는 조완희의 어깨를 탁 치며 박현을 따라 밖으로 나갔다.

"우와! 믿을 놈 하나 없……."

조완희는 투덜대다가 지켜보는 눈빛을 느껴 고개를 돌렸다.

열린 문 틈 너머로 미랑이 자신을 쳐다보고 있었다.

"믿을 분 하나……. 아니 믿음직한 무문두. 아놔! 지금 나 뭐라 하는 거야?"

"풉!"

홀로 발광에 미랑이 웃음을 내뱉었다.

"어서 나와. 그러다 진짜 늦는다."

"쩝."

조완희는 어깨를 축 늘어트리며 자리에서 일어나 밖으로 나갔다.

서재 밖은 일본 전통의 다다미방이었다.

그 다다미방은 고이치로가 죽은 정원을 품은 곳이기도 했다.

조완희는 엉망이 된 정원을 잠시 흘깃 쳐다본 후, 무문두 옆에 섰다.

잠시 후.

망가진 정원으로 거대한 기운이 내려섰다.

폐안이었다.

동시에 다다미방 한구석에 먹물이 피어났다.

초도의 뒷길이었다.

뒷길이 열리자, 검은 구덩이에서 검계주 윤석과 네 명의 문두, 그리고 검수단장 김영수가 모습을 드러냈다.

"음?"

그리고 반대편에 초도의 또 다른 뒷길이 열리자 조완희는 의아한 표정을 잠시 지었다.

또 다른 뒷길에서 두툼한 인영이 튀어나왔다.

"나 왔어야!"

서기원이었다.

"에이, 진짜."

조완희가 서기원에게 다가가 옆구리를 툭 찍었다.

"사람 놀래고 있어."

그렇게 둘이 투닥거릴 때였다.

"조 박수, 비켜주겠나?"

묵직한 목소리가 등 뒤에서 들려왔다.

"누구랑 왔……. 헛!"

고개를 뒤로 돌린 조완희는 순간 헛바람을 들이마셨다.

백택이 서 있었기 때문이었다.

"오, 오랜만입니다. 부회……."

"부성주일세."

"아, 예."

어쨌든 조완희는 허리를 숙여 예를 표한 후 길을 터주었다.

그 뒤로.

북성의 사방장군들이 모습을 드러냈다.

"고저, 내 살다 일본 땅을 밟기는 또 처음이구만기래."

백두산 야차가 씨익 웃음을 지으며 마치 점령군이 된 듯 큰 보폭으로 걸음을 내디뎠다.

"근데 이렇게 대놓고 땅을 밟아도 됩니까?"

백택은 주변의 기운을 막아주는 결계가 없자 확인차 하늘을 슬쩍 쳐다보며 물었다.

"어차피 일본의 하늘은 찢어졌습니다."

박현은 개의치 않은 표정을 지으며 자리를 권했다.

"일단 자리에 앉읍시다."

박현이 상석에 앉자, 좌측으로는 검계가, 우측에는 북성이 자리를 잡고 앉았다.

그러자 목각인형 같은 야쿠자들이 긴 상을 내왔다.

그리고 곧 다과가 차려졌다.

"어찌 이런 술(術)을. 나무관세음보살."

불문두 혜인 큰스님이 이지를 상실한 야쿠자들을 보자 안타까움에 합장을 하며 불호를 외쳤다.

"꼭두각시의 술이구만기래."

백두산 야차.

"개 버릇 남 못 준다고 하더니만, 고조 쪽바리 새끼들은 이런 술을 잘도 만들고 써먹어. 어이 땡중."

백두산 야차는 앞에 놓인 녹차를 물처럼 비우며 혜인 큰스님을 불렀다.

"그리 자책할 필요가 있음메?"

"나무관세음보살."

"자업자득 아임메."

"……."

"그리 마음이 쓰이면 나중에 축문이나 외워주시지요."

백두산 백장군은 자칫 분위기가 더 불편해질까 부드럽게 말을 이어받았다.

"나무관세음보살."
국운이 달린 일.
호국의 마음으로 나선 불문이었다.
어쩔 수 없음을 알았기에 혜인 큰스님은 조용히 불호를 외웠다.
그렇게 분위기가 가라앉을 때였다.
"분위기가 영 껄쩍하구만."
폐안.
"서로 어색한 건 인간들의 삶 아니야? 아—, 아니군."
폐안은 해태와 봉황이 척을 졌던 일을 떠올렸다.
"어색한 건 알지만, 그렇다고 영원히 서로 안 보고 살 수 있는 건 아니지 않나?"
결국 박현이 나섰다.
"서로 안면이나 틔우라고 양쪽 다 불렀어. 괜찮지요?"
박현은 검계주 윤석을 바라보았다.
"하늘이 바뀌었으니, 삶도 바뀌야지요."
물론 한반도의 하늘은 박현이 아니었다.
용왕 문무.
하지만 그는 동해에 머물 때처럼 은거 아닌 은거에 가까운 삶을 유지하고 있었다.
오죽했으면 검계를 이끄는 윤석조차 짧게 차 한잔한 것

이 다이지 않은가.

분위기를 보면 박현을 주시는 하는 듯한데, 딱히 용왕 문무의 위엄에 도전하지 않으니 별말 하지 않는 모습이었다.

박현이 검계에 가까워짐에도.

박현도 딱히 용왕 문무의 자리를 탐하지 않았기에 거리낌 없이 움직였다.

어찌 보면 암묵적인 약속이 이뤄진 것이리라.

그런 분위기를 환기시키는 목소리가 들려왔다.

“분위기가 영 어색합니다그려.”

삼두일족응이었다.

그는 하늘에서 날아와 다다미방에 부드럽게 내려앉았다.

아무래도 남과 북에서 모두 생활했던 탓일까.

삼두일족응이 모습을 드러내자 검계와 북성이 가리지 않고 눈인사를 건넸다.

그로 인해 분위기가 많이 누그러졌다.

“부성주가 저리해야 하는데 말입니다.”

박현은 옆에 앉은 백택을 향해 농을 건넸다.

“죄송합니다. 타고난 성격이 이래서.”

백택은 농을 농으로 받아들이지 않았다.

박현도 백택의 그런 성격을 알기에 그만 농을 거둬들였다.

"늦어서 죄송합니다, 성주."

삼두일족응은 사과를 하며 손짓으로 누군가를 불렀다.

"오, 오야붕."

그와 함께 날아온, 정확히는 얹혀온 부회장 이리에 타다시가 눈치를 살피며 어색하게 인사를 올렸다.

"앉아."

박현의 말에 삼두일족응은 의도한 것인지 검계 측 자리에 자리를 잡고 앉았고, 타다시도 눈치를 보다가 삼두일족응 곁에 자리를 잡았다.

탁!

박현은 빈 찻잔을 탁자에 내려치며 어수선해진 분위기를 다시 잡으며 이목을 자신에게로 집중시켰다.

"일본의 두 태양 중 하나가 지워졌습니다."

이 자리에 북성만 있는 것이 아니었기에 박현은 존어로 입을 열었다.

"남은 건, 하나. 풍신."

박현은 검계주 윤석을 빤히 쳐다보았다.

"그리고 텐구들의 도천회, 이나가와카이[稲川會]와 닌자들입니다."

"흠."

"음."

"허허."
누군가는 침음을, 누군가는 놀라움을 식혔다.
"그래서 도움을 청하고자 이 자리로 초대했습니다."
박현은 검계의 체면을 살려주었다.
"원하시는 바가 무엇인지요."
커다란 흐름에 올라탄 검계였다.
더욱이 박현이 모양새 좋게 받아주니, 한결 가벼운 마음으로 동참할 수 있었다.
"현재 일본에 이면도 인간사도 아닌 애매한 위치에 자리한 이들이 있습니다."
"닌자."
윤석이 이를 갈 듯 그들의 이름을 토해냈다.
"그들을 처리해주셨으면 합니다."
"그럼 우리가 얻는 것은 무엇인지요?"
아무리 호국이지만 얻을 수 있는 건 얻어야 한다.
계주란 바로 그런 자리였다.
"타다시."
박현이 갑자기 부회장 이리에 타다시를 불렀다.
"하, 하이!"
타다시는 화들짝 놀라 무릎을 꿇으며 대답했다.
"저 녀석의 진명은 이강식. 한반도의 피가 흐르는 귀구

(鬼狗)입니다."

모두의 시선이 타다시, 아니 이강식에게로 향했다.

"야쿠자를 일통해, 저 녀석에 손에 쥐여 줄 참입니다."

"오, 오야붕?"

타다시는 깜짝 놀라 소리치듯 박현을 불렀다.

"그렇군요."

"문제는 저 녀석이 신족이라는 겁니다."

"……?"

"저 녀석이 이끌 조직은 야마구치구미이지요."

"그래서요?"

박현의 말을 바로 이해하지 못한 윤석이 미간을 좁히며 물었다.

"야마구치구미에서 사무라이들이 떨어져 나가 새로운 조직을 꾸렸지요."

"고베."

윤석의 말에 박현이 고개를 끄덕였다.

"그걸 맡아주십시오."

"고베 야마구치구미라."

윤석은 고민에 잠기는 모습이었다.

"본인은 외형적인 모습은 유지시킬 생각입니다."

"……?"

"어차피 스미요시카이는 폐안 형님의 것이니 문제없고, 아니가와카이의 이름을 북성에게 맡길 참입니다."

"흠."

윤석은 침음성을 삼켰다.

"복잡하군요."

"하지만 외부와 인간들의 시선이 있으니 어쩔 수 없지요."

윤석은 고개를 돌려 문두들과 빠르게 시선을 나눴다.

"좋습니다. 그리하지요."

윤석이 제안을 받아들였다.

"부성주."

"예, 성주."

"들으셨지요?"

"이나가와카이 말씀입니까?"

"텐구들을 이 땅에서 지우세요."

"명을 받들지요."

백택은 허리를 숙여 복명했다.

"작전명이 뭐입메까?"

백두산 야차.

"기래도 작전명 같은 게 있어야 보기 좋지 않습메까."

"작전명이라."

생각지도 못한 물음에 박현이 잠시 고민에 잠겼을 때.

"남벌(南伐)."

윤석이 씨익 웃음을 보였다.

"남벌? 고거 좋구만 기래! 으하하하하!"

백두산 야차는 대소를 터트렸다.

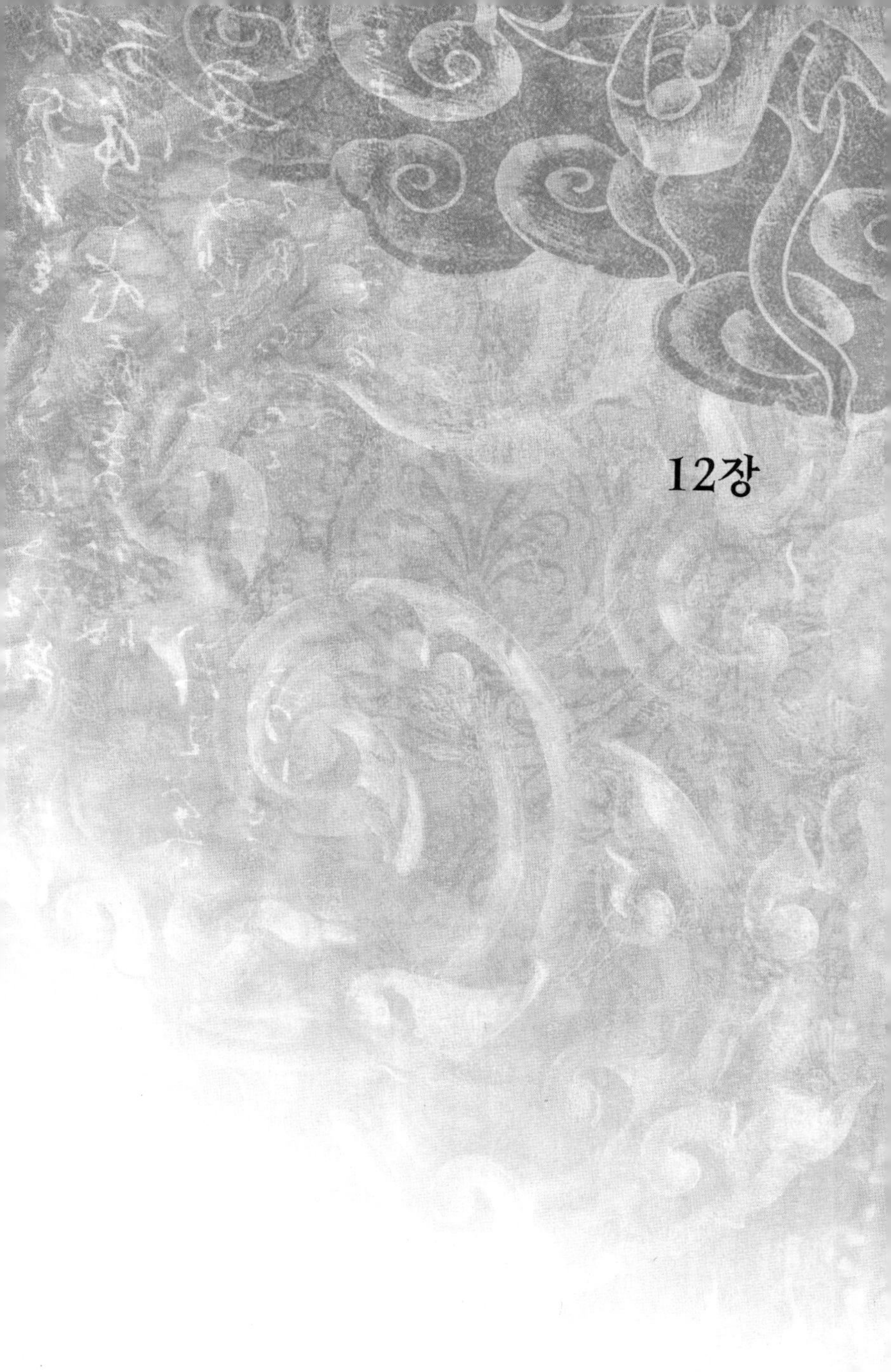

12장

적풍궁, 앞뜰.

키츠네는 주먹을 말아 쥔 채 입술을 꼭 깨물었다.

분노, 그리고 두려움.

복잡하게 얽힌 감정을 겨우 추스르느라 그녀의 이빨이 빨갛게 물들어갔다.

"복잡하게 생각하지 말자."

키츠네는 피가 통하지 않을 정도로 꽉 쥔 주먹을 풀며 숨을 크게 내쉬었다.

"내가 살아남는 게 가장 중요해."

일본.

그녀에게 나라의 의미는 그다지 중요하지 않았다.

그저 고된 삶에 영화를 준 곳일 뿐, 애초에 태어난 곳도 아니지 않은가.

"살아남기 위해서는 무조……."

"여서 무얼 하시는가?"

중저음의 목소리에 키츠네는 화들짝 놀라 뒤를 돌아보았다.

"뭘 그리 놀라나? 그대답지 않게."

다이텐구였다.

그를 바라보는 키츠네의 눈동자가 살짝 흔들렸다.

혹여나 자신의 말을 엿들었나 싶어 불안감이 들었기 때문이었다.

전이라면 다이텐구의 기운에 실린 감정을 읽어냈겠지만, 지금은 꼬리 하나가 뜯겨나가 격이 낮아진 터라 그의 기운을 제대로 읽지 못했다.

또한 삼종신기인 야사카니의 굽은 구슬의 힘을 이용해 좀 더 유화적인 감정을 이끌어 낼 수도 있었지만, 지금은 그마저도 빼앗기고 만 상태였다.

"키츠네?"

다이텐구는 키츠네의 얼굴에 흐르는 식은땀에 고개를 갸웃거렸다.

"다, 다이텐구."

후천적으로 가졌던 힘을 빼앗겼지만, 그녀에게는 선천적인 무기가 있었다.

바로 남자의 마음을 흔들고 빼앗는 타고는 색기였다.

키츠네는 애처롭게 고개를 숙이면서 다이텐구의 표정을 유심히 살폈다.

"뭔가 이상한데."

다이텐구는 이상함을 느낀 것인지 미간을 찌푸렸다.

"크흑."

시작은 눈물이었다.

통할지는 미지수지만, 가진 건 모두 써서 난관을 헤쳐나가야 했다.

"음?"

눈물에 잠시 당황한 다이텐구는 그제야 키츠네의 몸이 정상이 아닌 걸 알아차렸다.

"자, 자네."

"……다이텐구."

키츠네는 눈물을 훔치며 그를 향해 몸을 기울였다.

애매한 정도로 몸을 숙인 탓에, 다이텐구는 저도 모르게 그녀에게 한 걸음 다가가 그녀를 부축했다.

키츠네는 어깨를 틀어 상의를 헐겁게 만들었다.

동시에 어색하다는 듯 다이텐구의 품에서 살짝 몸을 벌렸다.

그러자 다이텐구의 눈에 벌어진 옷자락 사이로 키츠네의 하얀 가슴이 드러났다.

당연히 다이텐구의 시선이 그녀의 가슴으로 향했다.

"나 어쩌면 좋지?"

키츠네는 조금은 과장되게 몸을 떨었고, 그에 흔들리는 그녀의 가슴에 다이텐구의 눈도 흔들렸다.

"꿀꺽."

다이텐구는 최대한 침을 조용히 삼켰지만, 키츠네가 그 소리를 못 들을 리 없었다.

"무, 무슨 일인데 ……그러시오?"

다이텐구는 애써 시선을 피하려 했지만, 그때마다 키츠네가 어깨를 떨며 더욱 야릇하게 가슴을 보여주었다.

"슈텐도지가 죽었어. 슈텐도지가."

"뭐, 뭐요?"

다이텐구도 화들짝 놀라 되물었다.

"이, 이런…… 궁주께서……."

탄식하던 다이텐구의 말이 어느 순간 급격히 사라졌다.

그 말은 곧, 키츠네가 홀몸이 되었다는 뜻.

'어쩌면…….'

다이텐구의 눈동자가 흔들렸다.

그리고 다시금 마른침을 삼켰다.

키츠네, 백면금모구미의 여우라 불리는 그녀는 알려진 3대 악(惡) 중 하나였지만, 그 전에 인도와 중국의 왕조를 흔들 만큼 천하의 요물이었다.

그녀가 남긴 비사들을 보면.

속살은 비단처럼 부드럽고, 품은 물결처럼 따뜻하며, 목소리는 어떤 악기보다도 감미롭다 했다.

다이텐구의 눈에 욕정이 슬며시 들어섰다.

거만한 수도승이자, 불법을 파계하는 텐구들의 수장.

다이텐구.

그에게 여인이란 거부할 리 없는 쾌락 중 일락(一樂)이었다.

그녀를 가질 수 있을지도 모른다는 생각과 동시에 키츠네의 살구꽃 살 내음이 그의 코끝을 간질였다. 그 냄새에 이끌려 저도 모르게 그녀의 목덜미로 입을 가져가려다 말고 다이텐구는 화들짝 놀랐다.

그런 걸 놓칠 리 없는 키츠네는 안도의 한숨을 내쉬고는 그를 힘없이 밀치며 다이텐구의 품에서 벗어났다.

그러자 다이텐구는 진한 아쉬움을 애써 감췄다.

"그리고 이 몸도……, 큽!"

키츠네는 다시 다이텐구의 품으로 파고들었다.

"꼬리 하나가……."

"……!"

다이텐구의 눈동자가 살짝 커졌다.

"그래서……."

그녀를 꼭 안는 다이텐구의 눈에 욕념이 들어섰다.

"그래서 적풍궁 안으로 못 들어오고 망설였던 거요?"

다이텐구의 목소리는 평소 그답지 않게 매우 부드러웠다.

"궁주가 나를 어찌 볼지."

다이텐구는 그녀의 등을 토닥였다.

"괜찮네. 괜찮아. 이게 어디 그대만의 잘못인가?"

"끄읍!"

키츠네는 서러운 듯 한참을 울었다.

"고마워."

한참 운 뒤 마음을 추스른 키츠네가 다이텐구의 품에서 벗어났다.

"당신 때문에 힘이 좀 나네."

키츠네는 가냘픈 웃음을 지어 보였다.

"후우—. 그럼 나 먼저 들어가 볼게."

"키츠네."

다이텐구가 그녀를 돌려세웠다.
"왜?"
"아, 아니외다."
다이텐구는 이내 고개를 저으며 어서 들어가 보라는 듯 손을 저었다.
'팔미호가 되었단 말이지.'
풋풋한 웃음을 지으며 키츠네가 궁 안으로 들어갔고, 다이텐구는 가늘어진 눈매로 그녀의 씰룩거리는 엉덩이를 쳐다보며 입술로 혀를 핥았다.
'슈텐도지도 죽었겠다…….'
구미호일 때야 자신이 힘으로 어찌하지 못하겠지만, 지금은 아니었다.
'시간이 많지. 백년천년 살아가는 우리들이 아닌가.'
다이텐구는 '흐흐흐.' 음욕 섞인 웃음을 삼키며 그녀의 뒤를 따라 궁 안으로 들어갔다.

언제 다이텐구 품에서 애처롭게 울었나 싶을 정도로 키츠네는 얼음장 같은 표정을 지으며 다이텐구의 시선을 느꼈다.
숨기려 한다지만 다이텐구의 음욕을 키츠네는 본능적으로 알아차렸다.

'이제 풍신.'

이내 키츠네는 고개를 저었다.

'신은 무슨.'

야마타노오로치.

'누가 그분 앞에 '신(神)' 이란 이름을 올릴까.'

야마타노오로치도 그의 앞에서는 고작 한 마리 뱀일 뿐.

'살아남으려면 반드시 그분 곁에 붙어 있어야 해.'

그렇지 않으면 구미호가 되어서도 또다시 한반도의 여우 일족의 핍박이 이어질 것이다.

어쩌면 다시 꼬리가 끊길지도 모른다.

한 번 더 꼬리가 잘리면……, 지금과도 비교도 되지 않을 정도로 큰 후유증을 남길 것이다.

어쩌면 다시는 구미호가 되지 못할지도 모를 정도로.

'그분 곁에 아무도 없었어.'

꼭 짝이 아니어도 된다.

일단 곁에만 다가갈 수 있으면 된다.

그렇다면 반드시 그의 마음을 자신에게로 돌릴 수 있으리라.

키츠네는 결연에 찬 눈빛을 띠며 옷가지를 조금 더 헝클었다.

'그러려면.'

풍신과 다이텐구 사이를 찢어야 했다.

'인간이나 신이나, 질투에 눈이 멀기는 매한가지.'

키츠네의 눈이 표독스럽게 찢어졌다.

하지만 언제 그랬냐는 듯.

쓰윽 마른세수를 하자 키츠네의 얼굴은 슬픔으로 뒤덮인 애처로운 여인의 얼굴로 변했다.

'나는 여전히 네가 나를 마음에 두고 있음을 알고 있어.'

키츠네는 눈에 눈물을 머금은 뒤 풍신이 있는 방으로 뛰어들어 갔다.

"뭐라? 지금 뭐라고 했나!"

풍신의 노성이 터졌다.

"슈텐도지가, 슈텐도지가……, 흐윽!"

키츠네는 차마 말을 다 내뱉지 못하고 손으로 입을 가리며 울음을 감췄다.

"끄으!"

풍신의 비통한 침음이 꽉 다물어진 이빨 사이로 흘러나왔다.

자신에 대한 분노의 시선을 느낀 순간.

"흐윽!"

키츠네는 몸을 옆으로 틀며 다시금 울음을 삼켰다.

헝클어진 옷차림이 힘없이 풀리며 옷자락이 한쪽 어깨 아래로 흘러내렸다.

그러자 새하얀 피부와 가슴이 반쯤 드러났다.

"……, 까드득!"

그의 분노가 미세하지만 반 박자 쉼표를 찍었다.

"내가 그만은 지켰어야 했는데."

허리를 틀자, 기모노 특유의 옷자락이 풀리며 하얀 허벅지가 훤히 드러났다.

"후우—, 후우—."

그의 숨소리가 거칠어졌다.

하지만 그 소리가 매우 묘했다.

분명 분노를 참는 숨이었건만, 묘한 것이 끼어들어 버렸다.

그를 탐하고자 했던 건, 슈텐도지만이 아니었다.

풍신, 그도 자신을 탐했었다.

하지만 군자를 표방하는 그에게는 당시 스사노오노미코토[素戔嗚尊][1)]에게 꼬리를 잘려 쿠사나기의 칼을 잃고 한낱 뱀의 왕이 된 그를, 스사노오노미코토에게서 숨겨주고, 보살펴주며 사랑으로 보듬어 준 아내, 오오미 왕국 공주가 있었다.

그녀에 대한 의리로 대놓고 키츠네에게 음욕을 부리지는

않았지만, 키츠네는 풍신에게서 은은한 음심을 읽을 수 있었다.

그걸 눈치챈 오오미 공주가 풍신을 부추겨 슈텐도지와 자신을 이어주었다.

그 후, 풍신은 키츠네에 대한 음심을 마음 깊숙한 곳에 꼭꼭 숨겨두었다.

비록 인간인 아내 오오미 공주가 죽은 뒤, 혼자가 되었을 때에도 아들의 짝이기에 그러한 마음을 드러내지 않았을 뿐, 간혹 그러한 감정이 슬쩍슬쩍 드러났었다.

'고민하겠지.'

키츠네는 땅바닥에 엎드리며 양손으로 얼굴을 감쌌다.

둘 사이에 벽이 사라졌으니.

'풍신, 너는 아들의 죽음을 슬퍼할 테냐, 아니면 수백 년 묵혀두게 만들었던 벽이 사라져 기뻐할 것이냐.'

키츠네는 소리 죽여 웃음을 터트렸다.

그 순간에도 키츠네는 가늘게 떨리는 몸을 유난히 슬퍼 보이게 만들었다.

"잠시 쉬세요."

풍신의 축객령.

"미, 미안하다."

키츠네는 힘없이 자리에서 일어났다.

훤히 드러난 어깨나, 허벅지를 가리지 않은 채 키츠네는 터벅터벅 그의 방을 빠져나갔다.

물론 풍신의 눈이 그녀의 살갗을 향했었다.

그걸 키츠네도 알았고, 뒤늦게 들어온 다이텐구도 보았다.

"다이텐구."

키츠네는 스쳐 지나가며 그를 조용히 불렀다.

"……."

"고마워. 내 마음을 잊지 않을게."

"험!"

다이텐구는 멋쩍은 헛기침을 내뱉었다.

"그리고 좀 더 도와줘. 그러면 네가 원하는 바를 내 들어줄라니까."

키츠네는 힘없이 웃으며 그를 스쳐 지나가 방을 나갔다.

그녀의 뒷모습을 잠시 쳐다보던 다이텐구의 눈동자에 확신이 섰다.

동시에 그녀를 향한 풍신의 눈빛도 떠올렸다.

다이텐구는 딱딱해진 눈매로 풍신을 바라보았다.

아무도 없는 적풍궁 후원으로 나온 키츠네의 얼굴은 웃음을 참지 못해 씰룩씰룩거렸다.

현 상황은 둘째치고, 언제나 남자들의 마음을 흔드는 일은 즐거운 일이었다.

더욱이 수백 년 슈텐도지의 눈치를 보느라 애써 자제하고 있었는데, 그런 족쇄가 풀렸으니 즐거움은 한층 배가 되었다.

하지만 혹시나 모를 눈과 귀를 의식한 키츠네는 겨우 표정을 수습하며 풀숲 돌의자에 털썩 주저앉았다.

'조금만, 조금만.'

그러면 자신은 살 수 있다.

찍찍—

그때 자그만 쥐새끼 한 마리가 발끝을 톡톡 건드렸다.

'쥐?'

쥐새끼는 자그만 쪽지를 발밑에 툭 던지고 수풀로 사라졌다.

'……!'

키츠네는 주변을 빠르게 살피며 쪽지를 들어 읽었다.

일왕궁 밖으로.

짧은 글귀 하나.

키츠네는 그 순간 누가 전한 글인지 단숨에 알아차렸다.

"하아—."

키츠네는 자연스럽게 자리에서 일어나 담장을 넘어 궁 밖으로 나갔다.

그녀가 일왕궁에서 벗어나자 묘한 기운이 그녀를 감쌌다.

"재미난 일을 꾸미는군."

그 기운 사이로 박현이 모습을 드러냈다.

"어, 어찌 그걸……."

그 말에 키츠네의 몸이 딱딱하게 굳어졌다.

"그게 중요한가? 그대의 간악함이 본인의 마음에 든다는 게 중요하지. 안 그런가?"

하지만 이어진 말에 그녀의 표정이 진한 안도감으로 물들었다.

〈다음 권에 계속〉

*용어

1) 스사노오노미코토[素戔嗚尊]: 일본서기에 등장하는 하늘에서 추방당한 일본의 신.

DREAMBOOKS★

DREAMBOOKS★

DREAMBOOKS★

DREAMBOOKS★